KB115370

大武士

대무사

철백 新무협 판타지 소설

FANTASTIC ORIENTAL HEROES

대무사 1
철백 新무협 판타지 소설

초판 1쇄 찍은 날 § 2015년 12월 22일
초판 1쇄 펴낸 날 § 2015년 12월 29일

지은이 § 철백
펴낸이 § 서경석

편집책임 § 한준만

펴낸곳 § 도서출판 청어람
등록번호 § 제387-1999-000006호
등록일자 § 1999. 5. 31
어람번호 § 제2-2623호

주소 § 경기도 부천시 원미구 부일로 483번길 40 서경B/D 3F (우) 14640
전화 § 032-656-4452 팩스 § 032-656-4453
http://www.chungeoram.com
E-mail § chungeorambook@daum.net

ISBN 979-11-04-90571-1 04810
ISBN 979-11-04-90570-4 (세트)

철백 新무협 판타지 소설

FANTASTIC ORIENTAL HEROES

大武士

대무사

1

도서출판 청어람

目次

서장   7

第一章 귀향(歸鄕)   15

第二章 이화반점(李華飯店)   33

第三章 남아삼불행(男兒三不行)   61

第四章 월하소요(月下騷擾)   89

第五章 재회(再會)   123

第六章 입주동량(立柱棟梁)   165

第七章 정주검명(定主劍鳴)   209

第八章 지광출수(至廣出手)   243

第九章 염마(炎魔)   283

서장

장사평.

어제까지만 해도 창칼과 비명이 난무하고, 피비린내가 가득하던 그곳에는 아무것도 없었다.

당연하다.

오늘이 바로 무림맹과 천사련의 연합인 동심회(同心會)와 마교가 휴전을 천명하는 날, 이른바 정마대전의 종결을 알리는 날이었으니까.

그곳에 한 사내가 나타났다.

아니, 얼마 안 있어서 다섯 개의 인영이 차례로 나타났으니 총 여섯 명이라고 해야 맞았다.

"모두 왔나?"

맨 처음 나타났던 사내가 불쑥 내뱉은 말에 몸에 착 달라붙는 녹색 경장 차림의 미녀가 답했다.

"네, 주군. 한데 왜 이곳에?"

여인의 물음은 비단 다섯 남녀 모두의 궁금증이기도 했다. 왜 그는 이곳에 자신들을 모이라고 한 걸까?

혈영대(血影隊).

이제 다섯 명의 조장과 한 명의 대주밖에 안 남았으나, 이번 정마대전을 종식시키는 데 혁혁한 공을 세웠다는 건 누구도 이의를 제기할 수 없었다.

특히 눈앞의 사내, 혈영대주 이신은 무림맹주 백염도제(白髯刀帝)와 천사련주 흑마신(黑魔神)의 유례없는 합공에도 불구하고 무려 혼자서 그들과 평수를 이루는 신위를 선보이지 않았던가?

심지어 당대 천마는 정식 제자도 아닌 그에게 자신의 절학을 아낌없이 가르치고 있었다.

물론 그 사실을 아는 것은 천마와 이신, 그리고 주변의 심복 몇몇에 불과했지만 이에 다섯 남녀, 혈영대의 다섯 조장은 내심 확신했다.

자신들이 따르는 이신이야말로 차후 마교를 지배할 거목이 될 것임을.

그는 절대 이대로 음지에서 조용히 사라지고 말 인물이 아니었다.

어쩌면 마교뿐만 아니라 천하마저 한 손으로 아우를지도 모른다.

그렇기에 이어지는 이신의 말은 다섯 조장을 충격의 구렁텅이로 몰아넣기에 충분했다.

"오늘부로 혈영대는 해산한다."

"네엣?"

"주군, 그게 무슨······!"

이해할 수 없다는 수하들의 반응에는 아랑곳없이 이신은 제 할 말만 계속하였다.

"더불어 너희들 모두에게는 앞으로 어딜 가서 뭘 하든 상관하지 않겠다는 총군사의 약조도 받았다."

"······."

다섯 명의 조장은 일순 침묵했다.

교주를 제외하고는 누구의 명도 받지 않는다는 그 건방진 총군사의 약조마저 받았다니.

즉, 그 말은 혈영대의 해산이 하루아침에 갑작스레 이뤄진 게 아니라 사전에 이미 총군사를 비롯한 상층부와 협의된 일이라는 것을 의미했다.

그걸 모를 만큼 아둔한 이는 이 중에 아무도 없었다.

이신의 말이 이어졌다.

"모두들 그동안 부족한 나를 따르느라 고생이 많았다. 앞으로는 볼 일이 없겠지만, 아무쪼록 부디 몸 건강하게 지내길 빌겠다. 그럼 이만……."

"주군."

말이 끝나기 무섭게 장사평을 떠나려는 이신을 청아한 음성이 붙잡았다.

이에 멈춰 선 채로 고개를 돌리자 장신에 얼음처럼 차가운 무표정을 고수하는 백의 미녀가 묵묵히 그를 바라보고 있었다.

앞서의 녹의 여인, 삼조장 문채희와 함께 혈영대를 대표하는 여고수 중 한 명이자 자그마치 일조장을 맡고 있는 신수연이었다.

그녀는 빙검후라는 자신의 별호만큼이나 냉기가 뚝뚝 떨어지는 눈매를 번뜩이며 말했다.

"주군은 이제 어디로 갈 참이지?"

신수연의 물음에 이신은 슬그머니 저 멀리 지고 있는 저녁노을을 바라보면서 중얼거렸다.

"글쎄, 이대로 무림을 자유로이 누비는 것도, 혹은 그간 못해본 일들을 하나둘씩 해보는 것도 좋겠지만……."

"좋겠지만? 그 다음은 뭐지?"

신수연의 말에선 가시가 느껴졌다.

마치 그녀를 비롯한 다섯 조장과는 일절 상의 없이 혈영대의 해산을 멋대로 결정해 버린 것에 대한 투정과 원망을 그대로 투영한 듯했다.

그런 그녀의 모습에 이신은 결국 다시 시선을 그녀에게로 돌렸다.

그리고 마저 말을 끝맺었다.

"일단 고향으로 돌아가야지."

"고향?"

신수연을 비롯한 다섯 조장 모두가 눈을 동그랗게 떴다.

단 한 번도 자신의 출신 등에 대해서 제 입으로 밝힌 적이 없는 이신이었다.

거기다 천애고아라는 점 때문에 마땅히 정붙인 고향도 없는 줄로만 알았거늘 설마 돌아갈 고향이 있었을 줄이야.

그리고 미처 그들에게 말하지 않았지만, 이신이 고향으로 돌아가기로 결심한 데에는 남들이 모르는 이유가 하나 더 있었다.

약속.

어릴 때 다짐했지만, 살아가기에 바빠서 어느덧 까맣게 잊고 있었던 그 약속이 문득 떠올랐기 때문이다.

'슬슬 지킬 때도 되었지.'

이신의 입꼬리가 살짝 올라갔다.

이에 다섯 조장이 모두 놀란 표정을 지었다. 이신의 미소가 그만큼 보기 어려운 것이라는 의미였다.

그걸 아는지 모르는지 이신은 여전히 입가에 미소를 머금은 채로 말했다.

"그럼 모두 잘 있어."

그 말과 함께 이신은 천천히 모두의 시야에서 멀어져 갔다.

그럼에도 누구하나 그를 붙잡지 못했다.

혈영대주 이신.

또는 혈영사신(血影死神)이라고 불리는 그는 그렇게 장장 십오 년 만에 귀향길에 오르게 되었다.

第一章
귀향(歸鄕)

강남과 강북.

장강을 기준으로 나뉘는 두 지역의 물자가 한데 모이는 곳이 어디인가?

누구에게 물어봐도 그 질문에 대한 답은 대부분 하나로 정해져 있게 마련이었다.

무한(武漢).

호북의 성도인 그곳은 수륙 교통의 요충지로서 예로부터 아홉 개의 성으로 통하는 대도라고도 불려 왔다.

지금도 무한의 포구 곳곳에는 중원 여기저기서 물자를 날라 온 수십 척에 달하는 범선이 오가고 있었고, 개중에는 정기적으로 외지인들을 실어 나르는 배도 있었다.

막 포구로 들어서는 여객선 순양호도 그중 하나였다.

그 순양호의 갑판 위에서 여러 사람들과 한데 섞여 있는 이신의 모습이 보였다.

그는 혈영대 시절에 입고 다니던 핏빛 무복 대신 낡은 갈의에다 바랑 하나를 등 뒤에 비껴 매고 있었다. 기다란 머리카락은 무명천으로 질끈 동여맨 게 전부였다.

거기에 이렇다 할 병장기조차 패용하지 않았기에 겉으로 봐선 그냥 타지에서 흘러들어온 평범한 사내로밖에 안 보였다.

때문에 배 위의 선원이나 선객들 중 딱히 그를 눈여겨보거나 경계하는 이는 아무도 없었다.

덕분에 이신은 편히 팔짱을 낀 채 포구의 정경을 바라볼 수 있었고, 이윽고 사뭇 감회가 남다르다는 표정을 지었다.

'그 후로 십오 년 만인가?'

거기에 장사평을 떠나서 이곳 무한의 포구까지 오는 것까지 다 따지면 무려 십오 년하고도 두 달이 더 걸렸다.

처음 그가 무한을 떠날 때만 해도 돌아오기까지 이렇게 오랜 시간이 걸릴 줄은 꿈에도 몰랐다.

그저 우물 안에 갇힌 개구리가 되지 않으려고 몸소 천하를 주유하려고 했을 뿐이건만, 원치 않게 마교에 몸을 의탁하는 것도 모자라서 정마대전까지 치르게 될 줄이야.

심지어 혈영사신이라는 피비린내 나는 별호까지 얻다니.

사람 일이란 게 그리 생각처럼 쉽게 안 풀린다는 걸 새삼 또 느끼게 되었다.

'그 아이는 어찌 됐을까?'

고향에 돌아가기로 결심하면서 내내 이신의 뇌리에서 떠나지 않은 얼굴의 주인.

무려 십오 년이란 세월이 흘렀건만 바로 어제 본 것처럼 그 모습은 생생하기 그지없었다.

지금 그의 뇌리에 떠오르는 음성 역시 그랬다.

―약속이야. 반드시 꼭 살아서 돌아와야 해.

무한을 떠나기 바로 전, 자신의 손을 붙잡으면서 애원하듯 말하던 그 소녀.

그녀와의 약속 덕분에 이신은 혈영대의 상상을 초월하는 고된 훈련을 어떻게든 버텨낼 수 있었고, 또한 생사의 기로에 놓인 숱한 위기 속에서도 절대 생에 대한 집념의 끈을 놓지 않았다.

어찌 보면 그녀야말로 지금의 이신을 만들어 준 장본인이자 생명의 은인이었다.

은혜를 입었다면 마땅히 갚는 게 인간의 도리.

때문에 그는 정마대전의 종결을 하루 앞둔 날, 은밀히 찾아

온 마교의 총군사 사마결의 갑작스러운 제안에도 쉬이 응할
수 있었다.

　―내일 아무도 모르게 조용히 본교를 떠나시게. 그리한다면 이
후 자네를 절대 귀찮게 하지 않겠네.

　혹자라면 사마결의 일방적인 제안에 욱했을지도 모른다.
　지난날 정마대전에서 혈영대는 그야말로 음지와 양지를 가
리지 않고 대대적인 활약을 펼쳤다.
　본래 한낱 지원부대에 불과하던 그들이 어느덧 마교를 대표
하는 타격대로 거듭난 것만 봐도 그 위상을 능히 짐작하고도
남았다.
　다만 정마대전이 끝나갈 때쯤에는 겨우 혈영대주인 이신과
다섯 조장만 가까스로 살아남는, 그야말로 궤멸에 가까운 피
해를 입고 말았다.
　다른 때 같았으면 비난과 욕설이 난무했을 터이나 마교 내
부는 물론이거니와 상층부의 어느 누구도 이신 등을 탓하지
않았다.
　아니, 감히 탓할 수 없었다는 게 맞았다.
　그도 그럴 것이 그만한 피해를 입은 대신, 천마를 비롯한
마교의 주요 고수가 잠시 자리를 비운 틈을 탄 동심맹의 총공
세를 고작 혈영대 삼백여 명만으로 막아내는 가히 기적과도

같은 대업적을 이뤘으니까.

이신이 혈영사신이라는 거창한 별호를 얻은 것도 그때였다.

마땅히 그에 합당한 지위와 보상을 약속해도 부족한 판국이거늘, 난데없이 마교를 떠나라고 하다니.

물론 그러한 사마결의 횡포를 완전히 이해할 수 없는 것도 아니었다.

대외적으로 천마의 친아들이자 일공자 담천기를 천마의 다음 후계자로 강력하게 밀고 있는 사마결은 예전부터 이신을 눈엣가시처럼 여기고 있었다.

특히 천마가 대놓고 이신을 편애하는 시점부터는 노골적으로 이신을 견제하기 시작했다.

한데 정작 그 담천기의 지지도가 한창 욱일승천하는 이신의 위세에 밀려서 한없이 낮아졌다.

심지어 일각에서는 이신이 천마의 뒤를 이을 후계자가 될지도 모른다는 말까지 나왔다.

엄연히 작금의 무림은 약육강식의 세계.

더욱이 마교는 그중에서도 강자존의 원칙을 철저히 숭상하는 단체였다.

그런 곳이니만큼 정마대전의 영웅이라고 할 수 있는 이신이 행여나 그럴 마음만 먹는다면, 정말 천마의 후계자가 될 가능성이 높았다.

그 사실을 증명하듯 이신은 정식 제자가 아님에도 천마에게 직접 무공마저 사사하고 있지 않은가?

이에 위기감을 느낀 것은 비단 사마결뿐만이 아니었다.

다른 천마의 제자나 혈육 등에게 은밀히 줄을 대고 있던 마교 상층부 유력 인사들도 이신을 못마땅하게 여기는 건 매한가지였다.

그 말은 즉 실상 사마결의 제안은 마교 상층부의 의견이기도 하다는 소리였다.

토사구팽(兎死狗烹).

정마대전이라는 이름의 사냥이 끝난 시국에서 혈영대라는 이름의 사냥개에게 남겨진 것은 이르든 늦든 간에 물이 펄펄 끓고 있는 가마솥 속으로 내던져질 운명뿐이었다.

영웅에 대한 예우나 보상?

순진하게 그딴 걸 바란다는 거야말로 실로 어리석은 일이었다.

이를 내심 예감하고 있던 이신은 앞으로 어찌 할지를 놓고 내심 고민하던 찰나였기에 사마결의 제안은 실로 시기적절했다.

다만 가만히 상대의 의도대로 따르는 것은 그리 현명하지 못한 처사였고, 사마결 역시 그런 이신의 결정을 내심 의아하게 여길 터였다.

때문에 이신은 마교를 떠나는 대신 몇 가지 조건을 걸었다.

자신을 비롯한 혈영대 모두에게 각각 금자 오천 냥을 지급

할 것과 차후 자신들의 행적 등에 대해서 일절 간섭하지 말라는 약조가 바로 그것이었다.

행여 마교 쪽에서 먼저 자신들을 건드린다면 결코 가만두지 않겠다는 협박과 더불어서 말이다.

제아무리 마교가 대단하다고 한들, 이신과 다섯 조장이 작정한다면 그 즉시 마교의 삼 할에 해당하는 전력을 무력화시킬 자신이 있었다.

그게 가능한 것은 일신의 무위도 무위지만, 마교의 주요 거점이나 핵심 상권 등에 대해서 총군사 사마결 다음으로 빠삭하게 잘 아는 사람이 바로 이신이었기 때문이다.

더욱이 혈영대는 타격대이기 이전에 특작조로서의 임무를 더 많이 수행해 왔다.

그런 그들에게 은밀히 마교의 주요 거점에 침투해서 그곳을 초토화시키는 것쯤이야 식은 죽 먹기였다.

하물며 현 마교는 정마대전에 의한 손실을 최대한 메꾸고, 그와 동시에 어떻게든 빨리 내실을 다져야 하는 시기이니만큼 이신의 협박은 실로 유효했다.

또 만에 하나였지만, 행여나 이신이 무림맹이나 천사련에 투신하게 된다면?

기껏 종결되었던 정마대전이 다시금 발발하고 말 것이다.

더욱이 이번에는 철저하게 마교에게 불리한 양상으로 전개될 가능성이 농후했다.

거기까지 생각이 닿은 사마결은 이신의 조건을 군말 없이 수락하였다.

이상이 이신이 다섯 조장에게 밝히지 않은 혈영대의 갑작스러운 해산에 관한 전말이었다.

실로 시답잖은 전말이었고, 때문에 이신은 지금까지도 그들에게 이에 대해서 밝히지 않고 떠난 것을 전혀 후회하지 않았다.

만약 이 사실을 알았다면 신수연을 비롯한 다섯 조장이 어찌 나왔을지 불 보듯 뻔했으니까.

'사부님께 인사를 못 드린 게 조금 아쉽긴 하군.'

장사평을 떠나는 내내 마음에 걸렸던 존재.

그건 바로 이신의 사부이자 마교를 구성하고 있는 오대마종의 일파인 염마종(炎魔宗)의 전대종주, 종리찬이었다.

어린 나이의 이신을 위기에서 구해주는 것도 모자라서 제자로서 받아들여 준 고마운 존재.

그 외에도 종리찬에게 받은 도움은 실로 말로 다 표현할 수 없을 만큼 많았지만, 개중에서도 압권은 행공 중의 실수로 주화입마의 위기에 처한 이신에게 주저 없이 한평생 쌓아온 내력을 전부 격체전공으로 내어준 것이었다.

그 때문에 이신은 서른이 채 안 된 나이에도 뭇 절정고수를 능가하는 고강한 내력의 소유자가 되었지만, 안타깝게도 그 후 사부 종리찬은 일 년도 채 지나지 않아서 타계하고 말왔다.

실로 하나뿐인 제자를 위해서 모든 것을 희생했다고 해도 과언이 아닌 스승 중의 스승.

그게 바로 종리찬이었다.

그런 사부의 무덤에 작별의 인사조차 올리지 못했다는 사실이 내내 이신의 마음에 걸렸다.

그나마 불행 중 다행인 것은 무덤의 위치가 마교 내부가 아니라는 사실이었다.

결국 다음 해 기일에 찾아가서 인사를 올리는 것으로 지금의 아쉬움을 달랠 수밖에 없었다.

그사이 순양호는 마침내 뭍에 닿았고, 때맞춰서 상념을 마친 이신은 주저 없이 어딘가로 향했다.

어느덧 노을이 지고, 무한의 골목과 골목을 이리저리 헤매던 이신의 발길이 멈춘 것은 어느 허름한 대장간 앞에서였다.

캉! 캉! 캉!

얼핏 허름해 보이는 외견과 달리 제대로 장사를 하고 있는 듯 대장간 안에서는 연신 요란한 쇳소리가 쉴 새 없이 들려왔다.

그 투박한 소리의 향연을 들으면서 이신의 입꼬리가 저도 모르게 살짝 올라갔다.

'여전하군, 이곳은.'

이미 그가 기억하던 모습과 여러 부분에서 많이 달라진 무한이었지만, 유일하게 이곳 장가철방(張家鐵房)만큼은 하나도 달라지지 않았다.

심지어 오래전에 한 이름난 문인에게 맡겼다는 현판의 고풍스러운 글씨마저 보수한 흔적 없이 예전 그대로였다.

마치 이곳을 운영하는 주인의 대쪽 같은 성격을 그대로 반영한 듯한 느낌이었다.

그 점이 반가우면서도 또한 정겨웠다.

한참 그렇게 가만히 선 채로 쇳소리를 듣고 있던 이신은 어느덧 소리가 멎었다 싶을 때쯤, 대장간 안으로 천천히 발을 들였다.

안에 들어서자 후끈한 열기와 함께 벌겋게 달아오른 쇳덩어리를 막 찬물에다 담그고 있는 장대한 체격의 중년인의 뒷모습이 그를 반겼다.

치이이이이익ㅡ!

쇳덩이를 담그기가 무섭게 부글부글 끓어오르는 물!

그와 함께 피어오르는 허연 수증기가 겨우 사그라질 때쯤, 중년인이 입을 열었다.

"이미 장사는 끝났소. 찾는 물건이 있다면 내일 아침에 오시오."

쇳소리만큼이나 투박하기 짝이 없는 축객령, 하지만 이신은 대장간을 나가기는커녕 가만히 제자리에 서 있었다.

이에 뭔가 이상하다는 것을 느낀 중년인, 장철만은 고개를 뒤로 돌렸다.

그 순간, 그의 고리눈이 저도 모르게 한층 더 커졌다.

뿐만 아니라 손에 들고 있던 쇠망치마저 바닥에 떨어뜨리고 말았다.

"너, 넌……!"

"오랜만입니다, 숙부님. 그간 강녕하셨는지요?"

이신은 공손하게 인사를 올렸다.

그러자 장철만은 가타부타 아무런 말없이 무작정 이신에게 다가가더니 대뜸 그를 껴안았다.

이신도 그리 작은 체구가 아니건만 장철만의 품에 안기기 무섭게 절반쯤 몸이 가려지다시피 했다.

그렇게 뜨거운 포옹을 나눈 뒤, 장철만은 살짝 눈시울을 붉히면서 말했다.

"신이 이놈, 그간 어디서 뭘 하다 이제야 온 것이냐!"

"죄송합니다, 숙부."

뭐라 할 말이 없다는 이신의 모습에 장철만은 나지막한 한숨과 함께 고개를 내저었다. 굳이 자신에게 설명할 필요가 없다는 의미였다.

그도 그럴 것이 그가 아는 이신은 결코 아무런 이유 없이 남을 걱정시킬 인물이 아니었다.

무한을 떠날 당시만 하더라도 그는 열여섯이라는 어린 나이가 무색할 만치 성숙하고 어른스럽지 않았던가.

분명 뭔가 피치 못할 사정 때문에 그간 연통조차 넣지 못한 것이리라.

어쨌든 그가 무사히 돌아왔다는 사실만으로도 장철만은 꽤나 만족스러운 눈치였다.

그렇게 두 사람이 한창 재회의 기쁨을 나누고 있을 때, 대장간 안으로 누군가 들어왔다.

"뭐야? 웬일로 아저씨가 이 시간에 망치질을 안 하고 있는… 응?"

껄렁한 걸음걸이로 뚜벅뚜벅 들어오던 구릿빛 피부의 사내는 장철만과 어깨를 나란히 하고 있는 이신을 발견하고는 걸음을 우뚝 멈췄다.

그리고 살짝 긴가민가한 표정으로 바라보는 것도 잠시, 곧 그는 경악한 얼굴로 외쳤다.

"너 인마, 소악귀(小惡鬼)! 소악귀 맞지?"

유난스러운 사내의 반응에 이신의 입꼬리가 살짝 올라갔다.

"오랜만이다, 소호(少狐)."

"인마, 소호가 아니라 대호(大虎)래도! 그것보다 너 이 새끼, 살아 있었구나!"

처음엔 거의 잊다시피 한 옛 별명의 언급에 울컥하던 것과 달리, 이내 사내, 장대호는 앞서 장철만과 마찬가지로 이신을 힘껏 껴안았다.

격렬한 포옹의 연속에도 불구하고 이신은 눈 하나 찌푸리지 않았다.

오히려 그는 환히 웃으면서 두 사람을 번갈아 바라봤다.

"어릴 때는 그렇게도 철방 일은 죽어도 싫다고 하더니. 결국 마음을 고쳐 먹은 모양이구나, 소호."

"그러니까 소호가 아니라 대호! 에휴, 그래. 그냥 네 맘대로 불러라. 어차피 소악귀, 너 말고는 나를 그렇게 부르는 사람도 이제 없으니까. 아무튼……."

포기한 듯 중얼거리는 것도 잠시, 이내 장대호는 쑥스러운 듯 뒷머리를 긁적이면서 말했다.

"지금도 철방 일을 하는 게 그다지 썩 마음에 들지는 않지만, 달리 철방을 이어받을 사람도 없으니까 그냥 소일거리 삼아 겸사겸사하는 거지. 뭐……."

"그렇게나 이 일이 싫으면 내일부터는 안 나와도 된다, 대호."

가만히 이야기를 듣고 있던 장철만이 딱 잘라서 말했다.

이에 장대호는 뜨악한 표정으로 얼른 외쳤다.

"시, 싫다뇨! 그, 그냥 농담 삼아 해본 말입니다, 아저… 아, 아니, 스승님! 제, 제발 해고만은!"

"흥!"

애절하다 못해 절규에 가까운 장대호의 외침에 장철만은

한차례 콧방귀를 낀 뒤, 그대로 휙 몸을 돌렸다.

그러고는 다시 망치로 묵묵히 쇳덩이를 두들기기 시작했다.

중간에 멈췄던 작업의 재개와 동시에 더는 자신에게 말을 걸지 말라는 암묵적인 의사 표현이었다.

이에 장대호는 어깨를 힘없이 축 늘어뜨렸고, 이신은 그런 그의 어깨를 가볍게 토닥이며 말했다.

"자자. 모처럼 휴가도 얻었으니 잠깐 나랑 이야기 좀 하자고, 소호."

"응? 휴가?"

처음에는 이신의 말을 못 알아들은 장대호였으나, 곧 어린 여우라는 소싯적 별명에 걸맞게 돌아가는 상황에 대해서 금세 눈치챘다.

'오호라! 이것 봐라?'

이제 보니 장철만은 간만에 해후한 두 사람이 편안히 이야기를 나눌 수 있도록 그 나름대로 배려해 준 것이었다.

더욱이 일 년 전부터 본격적으로 장철만에게서 철방 일을 배우기 시작한 터라 최근 장대호의 일상은 대장간과 집 사이를 왔다 갔다 하길 쳇바퀴 굴러가듯 반복할 따름이었다.

당연히 간만에 주어진 휴가가 기꺼울 수밖에 없을 터.

이에 언제 기죽었냐는 듯 장대호는 양손을 번쩍 들어 올리면서 외쳤다.

"좋아! 그렇다면 간만의 해후를 나누기에 딱 좋은 곳이 하나 있지!"

"좋은 곳?"

이신의 반문에 장대호는 의미심장한 미소를 지으면서 말했다.

"후후, 가보면 저절로 알게 될 거야."

"······?"

어울리지 않게 뜸을 들이는 장대호의 모습에 이신은 고개를 갸웃거렸지만, 어차피 장대호의 말마따나 가보면 저절로 알게 될 일이었다.

"좋아, 가지."

"다행히 여기서 그리 멀지 않아. 일단 따라오라고."

이신이 고개를 끄덕이기 무섭게 장대호는 앞장서서 걷기 시작했다.

그렇게 두 사람은 대장간을 떠났고, 그 후 얼마 지나지 않아 언제까지고 계속될 것 같았던 장철만의 망치질이 문득 멈추었다.

망치질을 멈춘 장철만은 무거운 한숨을 내쉰 뒤 입을 열었다.

"후우─! 결국 돌아왔구나. 하긴 어릴 때부터 책임감이 남다른 아이였으니까."

중얼거림과 함께 장철만은 대장간 한쪽으로 시선을 돌렸다.

그곳에는 완성된 검들이 멋들어지게 진열된 장식장이 하나

놓여 있었는데, 특이하게도 장식장 한가운데에는 웬 검갑(劍匣) 하나가 덩그러니 놓여있었다.

그리고 검갑 위에는 유가장(劉家莊)이라는 글씨가 흘림체로 쓰여 있었다.

시종일관 검갑에서 시선을 떼지 않은 채로 장철만은 마저 말을 이었다.

"이미 이곳 무한에서 유가장의 이름은 유명무실해졌거늘……."

안타까운 표정도 잠시, 장철만은 검갑에서 어렵사리 시선을 뗐다.

그러고는 다시금 망치질을 시작했다.

그런 그의 뒷모습이 왠지 모르게 아까 전보다 작고 처량하게 느껴졌다.

第二章
이화반점(李華飯店)

"이곳은?"

장대호에게 반쯤 강제로 이끌려서 도착한 곳은 조그마한 크기의 반점이었다.

좌석이 열 개도 채 안 되는 그곳의 현판을 바라보는 이신의 눈빛에 한껏 그리움이 묻어났다.

맨 처음 장가철방을 봤을 때와 비슷한 반응이었다.

장대호가 의기양양한 얼굴로 말했다.

"내가 그랬지? 와보면 왜 좋은 곳인지 저절로 알게 될 거라고."

그의 말에 이신은 별다른 토를 달지 않고 묵묵히 고개를 끄덕였다.

장대호의 말마따나 이 반점은 좋은 곳이었다.

그도 그럴 게 무한에 있는 수많은 반점 중에서 유일하게 단돈 구리돈 닷 푼으로 배불리 끼니를 해결할 수 있는 곳이었으니까.

주머니 사정이 가벼운 이들에게 이보다 좋은 곳은 찾아볼 수 없었다.

뭣보다 이곳은 이신의 평생에 있어서 결코 잊을 수 없는 추억의 장소이기도 했다.

'이화반점(李華飯店).'

이신은 속으로 몰래 반점의 이름을 읊조렸다.

동시에 그의 뇌리로 한 소녀의 얼굴이 선명하게 떠올랐다.

반달형 얼굴에 절세미녀까지는 아니지만, 대신 웃으면서 양 볼에 움푹 들어가는 보조개가 유독 매력적이었던 그 소녀.

지금 이 순간 그녀의 얼굴이 이신의 뇌리에 떠오른 이유는 간단했다.

바로 십오 년 전, 마지막으로 그가 무한을 떠나기 전에 몰래 그녀와 단둘이서 만났던 장소가 이곳 이화반점이었기 때문이다.

그 사실을 알 턱이 없는 장대호는 희희낙락거리면서 이신의 어깨를 툭툭 쳤다.

"뭘 그리 생각해? 자, 빨리 들어가자고."

"그러지."

이신은 당황하는 기색 없이 웃으면서 장대호와 함께 걸음을 옮겼다.

조금 전까지 그녀에 대해서 떠올렸다는 게 전혀 믿기지 않을 만큼 자연스러운 태도였다.

그렇게 두 사람이 이화반점 안으로 들어서려는 순간, 공교롭게도 맞은편에서 누군가 걸어 나왔다.

남자치고 가녀린 선에 체격도 그리 크지 않은 약관의 청년.

그를 보는 순간, 이신은 저도 모르게 제자리에서 멈춰 섰다.

툭―

이에 미처 피할 새도 없이 이신과 청년은 서로 어깨를 부딪치고 말았다.

"앗, 죄… 죄송합니다!"

청년은 이신의 얼굴조차 제대로 보지 않고 무작정 사과부터 했다.

아무래도 그는 자신의 실수로 인해서 벌어진 일이라고 여긴 모양이었다.

이에 이신은 괜찮다는 듯 손사래를 쳤지만, 어느덧 그의 시선은 청년이 입고 있는 청색 무복을 빠르게 아래위로 훑어봤다.

청색 무복의 가슴팍에는 맹(盟)이라는 글자와 함께 두 자루의 검이 십자로 교차한 문양이 수놓아져 있었다.

'무림맹의 무사, 그리고 청검대(靑劍隊) 소속이로군.'

이신은 단번에 청년의 정체를 눈치챘지만, 딱히 아는 체하거나 유난을 떨지 않았다.

그야말로 무덤덤한 반응.

한참 정마대전이 발발하던 때라면 모를까, 지금은 엄연히 휴전을 선언한 상태였다.

더욱이 이신은 마교를 떠나서 이제 완전히 남남이 된 터라 굳이 무림맹 무사와 마주쳤다고 해서 긴장해야 할 이유가 하나도 없었다.

뭣보다 청검대는 아직 무림에서의 경험이 부족한 후기지수들이나 본신 무위가 이류에 못 미치는 자들만 속해 있는 말단 조직.

당연히 마교를 대표하는 고수 중의 고수, 혈영사신 이신에 대해서는 기껏해야 소문 정도만 들은 게 다일 터이니 더더욱 경계할 필요가 없었다.

그럼에도 불구하고 이신은 눈앞의 젊은 무인에게서 좀체 눈을 떼기 어려웠다.

왠지 모르게 그의 얼굴이 매우 낯익었기 때문이다.

조금 전에 청년을 보자마자 저도 모르게 멈춰 선 것도 그 때문이었다.

이신이 말없이 자신을 바라보자 청년은 연신 안절부절못했다.

"저, 저기 제 얼굴에 뭐라도 묻었습니까?"

'어디서 봤더라……'

청년의 물음은 깨끗이 무시한 채 이신은 계속 생각에 잠겼다.

그때, 느닷없는 한 줄기의 외침이 반점 안을 크게 울렸다.

"이봐, 지광! 전장에서 돈 찾으러 간다고 해놓고 뭘 그렇게 꾸물대는 거야? 설마 말만 그렇게 하고 우리더러 계산하라는 건 아니겠지?"

'지광? 설마……?'

순간 이신의 눈이 홉떠졌다.

그러거나 말거나 지광이란 이름의 청년은 화들짝 놀라더니 외침의 주인, 그와 마찬가지로 청검대 복장을 하고 있는 무인을 향해서 연신 고개를 숙였다.

"죄, 죄송합니다, 조장! 저, 저기 제가 좀 바빠서 그러는데, 시, 실례하겠습니다!"

뿐만 아니라 그는 이신에게 인사를 마치고 후다닥 인근 전장을 향해서 뛰어갔다. 예의가 바른 건지, 아니면 단순히 성격이 소심해서 그러는 건지 분간키 어려운 모습이었다.

그런 그의 뒷모습을 이신이 묵묵히 바라보는데, 장대호가 슥― 다가와서 말했다

"뭐야, 저치랑 아는 사이야?"

이신은 양어깨를 으쓱한 뒤 고개를 내저었다.

"아니, 그냥 내가 아는 사람이랑 좀 닮은 것 같아서. 단순한 기분 탓이려나."

"그래? 하긴 십오 년 전까지만 해도 너도 이곳 토박이였으니까. 어쩌면 예전에 서로 길가다가 한 번쯤 마주쳤을지도 모르지."

"뭐, 그렇겠지."

겉으로는 그렇게 대충 얼버무렸지만, 사실 이신은 지광이란 청년에 대해서 얼추 기억해 낸 상태였다.

그럼에도 굳이 아는 티를 내지 않은 것은 조금 전에 지광을 닦달했던 바로 그 청검대 무인이 연신 곁눈질로 그를 몰래 살피고 있었기 때문이다.

딴에는 몰래 쳐다본다고 하는 것이겠지만, 워낙에 솜씨가 어설퍼서 금세 눈치챌 수 있었다.

이신은 속으로 쓴웃음을 지으면서 장대호와 함께 빈자리에 대충 걸터앉았다.

그러자 따로 주문을 넣지 않았음에도 점소이가 알아서 찐 풋콩이나 만두같이 소박한 안줏거리와 함께 탁주 한 병, 그리고 잔 두 개를 상 위에다 차렸다.

이것이 이화반점의 기본 주안상으로 이 모든 게 구리돈 닷 냥이었다.

여기서 따로 더 먹고 싶은 음식이나 술을 추가로 주문하는 게 일반적이었는데, 그래봐야 다해서 구리돈 백 냥을 넘기는 경우가 드물었다.

일반적인 서민 가정의 한 달 치 생활비가 은자 닷 냥인 점을 감안하면 가히 주머니 사정이 가벼운 술꾼들의 천국이라 할 수 있었다.

그래서 이신은 내심 의문이었다.

도대체 지광의 일행이 얼마나 많은 음식과 술을 시켰기에 도중에 돈이 모자라다고 전장으로 냅다 뛰어간 것일까?

이신은 곁눈질로 청검대 무인들이 몰려 있는 자리 쪽을 쭉 훑어봤다.

그러고는 일순 어처구니없다는 표정을 지었지만, 말 그대로 순식간의 변화라서 장내의 어느 누구도 눈치를 채지 못했다.

대신 술잔을 쥔 이신의 손에 전보다 힘이 꽉 들어갔다.

원래 사 인이 앉아야 할 자리를 두 곳이나 동시에 차지한 청검대 무인들의 자리.

그곳에는 정성스레 쪄 낸 잉어찜부터 시작해서 하나같이 고급 주루에서나 볼 법한 음식이 한 상 가득 차려져 있었다.

방금 전 전장으로 뛰어간 지광까지 포함해도 일행의 숫자가 겨우 여섯에 불과하다는 것을 감안하면 너무 지나친 낭비요, 사치였다.

더욱 가관인 것은 청검대 무인들이 옆에다 몇 개씩 끼고 있는 술독이었다.

때마침 무심코 청검대 무인들 쪽을 바라본 장대호가 화들짝 놀란 얼굴로 중얼거렸다.

"뭐야. 저거? 죽엽청에다 여아홍, 거기다 백일향까지 싸그리다 꺼내다니. 저것들 오늘 밤새 마시다 죽으려고 작정했나?"

싸구려 탁주도 아니고 다 하나같이 이름 높은 명주들뿐이었다.

거기다 병 단위가 아니라 무려 독 단위로 계산해야 하니 술독 하나씩만 따져도 은자 한 냥은 우습게 깨질 수밖에 없었다.

어찌 된 일인지 싶어서 지나가던 이화반점의 유일한 점소이자 주인인 포 노대를 붙잡고 물어봤다.

"이보시오, 주인장. 도대체 언제부터 이곳에서 저런 비싼 음식을 시킬 수 있게 된 거요?"

장대호의 물음에 포 노대는 머리가 아프다는 듯한 표정을 지으며 고개를 설레설레 내저었다.

"우리 가게 음식이 아닐세. 다 저들이 멋대로 다른 곳에서 주문해서 가져온 것이야."

"다른 곳에서 가져왔다고? 허어, 그럴 거면 뭐 하러 여기에 온 거지?"

진실을 알게 된 장대호가 실로 어처구니없어 했다.

그의 말마따나 저런 고급 음식이나 술을 마실 거면 처음부터 고급 주루로 가야 옳았다.

무엇 하러 이곳 이화반점까지 와서 저런 말도 안 되는 추태를 부린단 말인가?

장대호가 그저 혀를 내두르는 것과 달리 이신은 점점 머리가 차갑게 식어가는 것을 느꼈다.

채 손도 대지 않은 고급 음식들과 역시나 다섯이선 도저히 다 마시지도 못할 양의 술독들.

그리고 무슨 이유에서인지는 몰라도 선배들 대신 그것들을 혼자서 다 계산해야 하는 지광.

딱 봐도 돌아가는 분위기가 어떤지 대충 짐작할 수 있었다.

'이거 완전히 대놓고 엿 먹이려는 속셈이군.'

대주급 이상이라면 모를까, 무림맹 무사들의 녹봉이라고 해 봤자 기껏해야 은자 석 냥 남짓.

따로 성과금이 나온다면 그보다 좀 더 많겠지만, 거기서 거기였다.

하물며 지광은 말단에 속하는 청검대의 무사였으니 그보다 훨씬 더 녹봉이 적을 터였다.

그런 사정을 누구보다 뻔히 잘 알 것이면서 이 짓을 벌이다니.

'도대체 무슨 연유로 이런 저급한 짓을 하는 거지?'

바로 그때, 장대호가 이신의 귓가에다 대고 속삭였다.

"아, 이제 알겠어. 저기 저놈, 금와방(金蛙幇)의 막내 공자야. 아마도 이름이 능위군인가 뭔가일 거야."

말과 함께 장대호가 몰래 손가락으로 가리킨 것은 내내 이신을 곁눈질하던 바로 그 청검대 무사였다.

"금와방? 거긴 또 어디야?"

"그 왜 오래전부터 유가장 아래서 포목 사업을 담당했다가 팔 년 전에 따로 독립했던 그… 아, 그렇지. 넌 그때 무한에 없었구나."

"도대체 무슨 일이 있었는데?"

"그러니까……"

장대호는 이신이 미처 알지 못하는 과거 이야기를 간략하게 설명하기 시작했다.

유가장.

무한에서 가장 오래되었음은 물론이거니와 과거 무한을 넘어서 호북 전체에까지 이름을 떨친 고수를 여럿 배출해 낸 전통 있는 무가다.

하지만 그런 유가장도 당대에 와서는 세력이 많이 쇠해진 상태였다.

전대 가주, 그러니까 당대 가주인 유정검의 아버지인 유인걸은 아들에게 유가장의 대표적인 내공심법인 유하심원공(流下深原功), 줄여서 심원공의 정수가 담긴 구결을 미처 전수하기도 전에 타지에서 그만 마교의 고수와의 시비에 휘말려서 객사하고 말았다.

그 때문에 가주 유정검이 익힌 심원공의 수위는 기껏해야 구성 수준에 머물렀고, 그 후로도 온갖 악재가 겹치면서 유가장의 세력은 더욱 약화되었다.

그리고 금와방은 그런 유가장 밑에서 줄곧 포목 사업을 전담해 오던 일개 소규모 상단이었다.

그랬던 것이 호북을 대표하는 명문대파, 무당파의 속가제자이자 당대의 금와방주인 능치산 대로 넘어 오면서 상황이 달라졌다.

능치산은 전대 방주보다 상재가 밝았고, 뭣보다 야심이 상재 이상으로 컸다.

그 결과, 수년도 채 지나지 않아 금와방의 규모는 과거의 무려 수십 배로 불어났다.

거기서 그치지 않고 능치산은 지금으로부터 팔 년 전, 아예 유가장으로부터의 독립을 선언했다.

당시 가주 유정검은 무리한 연공의 폐해로 쓰러져 자리에 몸져누운 상태였고, 방년을 갓 넘긴 가주의 딸과 그보다 더 어린 대공자로선 도저히 그들의 독립을 막을 길이 없었다.

그 결과, 금와방은 전보다 훨씬 공격적으로 사업체를 늘리기 시작했고, 지금에 와서는 무한 일대에서 제일가는 부를 쌓은 문파로 거듭났다.

가히 경이로운 성장이 아닐 수 없었다.

그렇게 되는 데에는 방주 능치산의 운영 능력과 상재가 남다르다는 것도 한몫했지만, 뭣보다 결정적인 역할을 한 것은 바로 이번 정마대전이었다.

다른 무한의 문파들이 마교와의 싸움에 온 힘을 기울였던 것과 달리 금와방은 철저하게 후방에서 금전적인 부분을 지원하는 선에서 그쳤다.

정통적인 무가가 아닌 무가의 탈을 쓴 이권 단체이기에 가능한 일이었다.

그 결과, 다른 인근의 문파들의 전력이 대폭 하향선을 타는 것과 달리 금와방은 전력의 팔 할 이상을 그대로 유지할 수 있었다.

무한의 새로운 강자로 떠오를 수 있었던 이유도 바로 그 때문이었다.

장대호의 설명을 모두 들은 이신의 눈이 스산하게 가라앉았다.

'금와방주라는 자, 꽤나 기회주의자로군.'

거기다 때를 기다릴 줄 아는 영악함도 함께 가지고 있었다.

문제는 그런 자들이 무한뿐만 아니라 중원 각지에 꼭 한 명 이상은 다 있다는 사실이었다.

때문에 중소문파에서는 정마대전 당시보다 오히려 정마대전이 끝난 지금이 살아가기가 더 어려워졌다는 말까지 심심찮게 나오고 있었다.

"덕분에 우리들도 아주 죽을 맛이야. 어디서 뭘 하든 금와방의 눈치를 살피지 않을 수 없다니까. 오죽하면 어떤 사람은 저 멀리서 금두꺼비 문양만 보여도 그 자리서 바로 넙죽 절부터 올린다더군."

이에 이화반점의 주인인 포 대야가 다른 곳에서 주문한 음식과 술로 떡하니 자리를 차지하는 청검대 무인들의 패악질에도 그저 참고만 있을 수밖에 없었던 이유도 그제야 알 수 있었다.

그는 행여 금와방의 눈 밖에 나는 걸 두려워한 것이다.

그 정도로 현재 무한 땅에서 금와방의 영향력은 가히 독보적인 수준이었다.

하지만 원래 사람의 욕심은 끝이 없다는 말처럼 그 정도의 성공도 금와방주 능치산에게는 그리 성이 차지 않았던 모양이다.

이어지는 장대호의 말이 그것을 증명해줬다.

"그러고 보니 최근 금와방에서 유가장에다 매파를 보내고 있다더군."

"매파?"

이건 또 무슨 말이란 말인가?

이신이 눈빛으로 되묻자, 장대호는 아까 전보다 목소리를 최대한 낮춘 상태에서 속삭이듯 말했다.

"아무래도 자기네 대공자를 그쪽 대공녀와 맺어 주려는 모양이야. 물론 유가장 측에서는 매번 거절하고 있다지만, 과연 언제까지 버틸 수 있을지는 장담할 수 없는 일이지."

"……"

그 말에 이신의 얼굴이 저도 모르게 살짝 굳어졌다.

'설마 정략혼인을 통해서 유가장을 흡수하겠다는 심산인가?'

확실히 강제로 힘을 써서 유가장을 흡수하는 것보다 정략혼인의 형식을 취하는 편이 남들이 보기에도 훨씬 나을 것이다.

뭣보다 뒤에서 자기 마음대로 유가장을 주무르기도 훨씬 용이할 테고 말이다.

물론 그 모든 건 유가장 측이 정략혼인을 받아들인다는 전제하의 이야기였다.

그러니 분명 지금쯤이면 금와방 쪽에서는 어떻게든 유가장 쪽이 자신들의 제안을 받아들이게끔 뒤에서 손을 쓰고 있을 것이다.

이신의 시선이 금와방의 막내 공자, 능위군에게로 향했다.

'그랬군.'

이제 좀 알 것 같았다.

능위군이 뭣 때문에 굳이 저리도 비열하고 저열한 방식으로 후배 무사를 괴롭히는 것인지를.

그건 바로 좀 전의 유약한 청년이 다름 아닌 유가장의 후계자이자 당대의 대공자, 유지광 본인이었기 때문이다.

그리고……

'그녀의 하나밖에 없는 동생이기도 하지.'

일순 이신의 눈이 심유하게 가라앉았고, 입가에는 소리 없이 차가운 미소가 내걸렸다.

그의 미소를 본 장대호는 순간 자신의 눈을 의심하였다.

과거 이신이 무한 뒷골목에서 소악귀라고 불리던 시절, 그때에도 이와 거의 비슷한 미소를 지은 적이 있었다.

그리고 우연인지 아닌지는 잘 모르겠지만, 그 다음 날 당시 무한의 흑도 바닥을 주름잡던 염라방이 거짓말처럼 해산하는 초유의 사태가 벌어졌다.

고작해야 미소 한 번뿐이었는데 그 결과는 실로 어마어마했다.

한데 오늘 그때와 똑같은 미소를 보게 되다니.

'혹시 이번에도… 에이, 설마. 아니겠지. 어떻게 금와방을 혼자서……. 그래, 괜한 생각이야.'

장대호는 자신의 생각을 애써 부정했다.

당시 무한 뒷골목에서 염라방의 악명이 드높았다고 하지만, 그래봐야 한낱 흑도 단체에 불과할 뿐이었다.

당연히 어엿한 무림방파인 금와방과 그들을 동일 선상에서 놓고 비교한다는 것 자체가 어불성설이었다.

더욱이 금와방주 능치산은 무당파의 속가 출신으로 개인의 무명도 상당히 높은 편이었는데, 최근에는 무려 검기발현의 경지에까지 이르렀다고 했다.

검기를 사용하는 고수.

물론 검기를 발현하는 것을 넘어서 자유자재로 수발하는 단계를 넘어야 진정한 절정고수라고 하겠으나, 그래도 속가 제자인 그가 지천명을 갓 넘긴 나이에 그 정도의 경지에 이르렀다는 건 실로 놀라운 일이었다.

웬만한 중소문파의 수장들도 검기를 뽑아내지 못하는 경우가 허다한 것을 생각하면, 능치산이 얼마나 대단한 무인인지는 굳이 더 설명할 필요가 없었다.

지난 십오 년간 이신이 얼마나 발전했는지는 모르겠지만, 그래도 혈혈단신으로 검기의 고수가 있는 문파와 대적할 만큼은 아닐 터.

장대호가 내심 그렇게 단정 짓고 있을 때였다.

이신의 고개가 갑자기 입구 쪽으로 향했다.

이에 장대호 역시 무심결에 따라서 고개를 돌렸지만, 그곳에는 아무도 없었다.

'뭐지?'

아무도 없는데 왜 갑자기 입구를 바라본 것이란 말인가?

이에 고개를 갸웃거리려는 찰나, 이신의 중얼거리는 소리가 귓가에 들려왔다.

"허둥대는 건 여전하군."

그의 말이 끝나기 무섭게 저 멀리서 콰당— 하는 소리가 들려왔다.

그리고 얼마 지나지 않아 누군가 숨을 헐떡이면서 입구로 들어섰다.

"하아, 하아! 다, 다녀왔습니다!"

그는 다름 아닌 전장에 갔다가 돌아온 유지광이었다.

땀에 흠뻑 젖은 그의 모습을 멍하니 바라보는 것도 잠시, 이내 장대호의 시선이 저도 모르게 이신에게로 향했다.

멀리 떨어져 있는 사람의 인기척을 앉은 자리서 정확하게 느낀다?

심지어 중간에 넘어지는 것까지 놓치지 않고?

그런 말도 안 되는 일이 어찌 사람으로서 가능하단 말인가?

'서, 설마? 아, 아니겠지? 그, 그래. 우, 우연일 거야. 우연일 게 분명해!'

그렇게 장대호가 속으로 혼란스러워하는 것과 달리 이신은 묵묵히 술잔에 따른 싸구려 화주를 홀짝거릴 따름이었다.

마치 아무 일도 없었다는 것처럼.

한편, 땀에 흠뻑 젖은 모습으로 묵묵히 안으로 들어서는 유지광의 모습에 능위군은 살짝 눈살을 찌푸렸다.

'생각보다 빨리 돌아왔군. 설마 진짜로 돈을 구해온 건가.'

처음 유지광이 전장으로 달려간다고 했을 때만 해도 내심 코웃음을 쳤던 그다.

그도 그럴 게 유지광의 녹봉이라고 해봐야 은자 석 냥에 불과한 반면 지금 술자리에서 나온 안주와 술값을 모두 따지면 무려 은자 이십 냥에 달했다.

단순히 계산해 봐도 도저히 유지광이 감당할 수 없는 액수였다.

한데 이리도 빨리 그만한 금액을 구해오다니.

그러나 곧 그게 착각이었다는 사실이 밝혀졌다.

"죄송합니다, 조장!"

돌연 유지광이 허리를 직각으로 굽히면서 면목 없다는 표정을 지었다.

그 말에 언제 실망했냐는 듯 능위군의 입꼬리가 찢어질 듯 올라갔다.

'그럼 그렇지!'

혹시나 했는데 역시나였다.

현재 유가장의 재정 상태는 악화일로를 달리고 있다는 말이 무색할 만큼 최악이었다.

특히 재정을 총괄하고 있던 총관이 최근 얼마 안 되는 유가장의 재산을 홀라당 챙겨서 야반도주를 해버리는 바람에 사정은 더욱 나빠진 상태였다.

그런 상황에서 유지광이 도합 은자 이십 냥에 달하는 술값을 구해올 방도가 있을 리 만무했다.

능위군은 애써 자신의 속내를 숨기면서 말했다.

"돈을 구해오지 못했다라. 그것 참 유감이로군. 우린 오늘 네가 이 자리를 책임진다는 말에 그것만 믿고 이렇게 거하게 시켰는데… 이래서야 졸지에 우리만 나쁜 사람이 되어버린 것 같군."

"죄, 죄송합니다……."

엄연히 따지자면 안주와 술을 시킨 건 능위군 등이었다.

그것도 물주인 유지광의 의향 따윈 묻지 않고 다짜고짜 주문한 주제에 어찌 이제 와서 무작정 그의 탓을 할 수 있단 말인가?

하지만 그에 대한 양심의 가책 따윈 전혀 못 느낀다는 듯 능위군이 태연하게 말했다.

"그래서 이제 어찌할 거지, 지광? 정 술값을 내기 어렵다면 내가 대신 내줄 수도 있긴 하지. 하지만 그러려면 뭔가 그에 상응하는 것을 내놔야겠지?"

"네, 실은 그래서……."

유지광은 품에서 뭔가 주섬주섬 꺼내 들었다.

그건 비단 천으로 정성스레 감싼 것으로 천을 풀어헤치자 낡았지만, 그 이상으로 고아한 멋을 지닌 손거울이 모습을 드러냈다.

능위군 등이 고개를 갸웃거렸다.

암만 그래도 그렇지. 명색이 무림맹 무사라는 자의 품에서 여인들이나 가지고 다닐 법한 물건이 나오다니.

유지광은 주변의 반응을 애써 모른 체하면서 덤덤한 음성으로 말했다.

"저희 어머님의 유품입니다. 무한에서 제법 이름난 장인이 만든 물건이니 족히 은자 이십 냥의 가치는 있을 겁니다."

유지광의 말에 능위군은 히죽 웃으면서 턱을 매만졌다.

"호오, 어머니의 유품이라. 그런 소중한 걸 담보로 내놓다니. 이거 참 예상 밖이로군. 흐음, 어찌 해야 할까."

"안 되는… 겁니까?"

능위군이 선뜻 확답을 주지 않자 유지광은 내심 초조해졌다.

어머니의 손거울은 그가 가진 물건 중에서 그나마 가치가 있는 물건이었다.

이것으로도 해결할 수 없다면, 불가피하지만 이대로 외상을 질 수밖에 없었다.

하지만 지금 본가인 유가장의 재정이 좋지 않다는 것은 유지광 본인이 누구보다 명확히 인지하고 있었다.

때문에 어떻게든 가문에 피해를 주지 않고, 그의 선에서 이번 일을 해결하지 않으면 안 되었다.

'안 그래도 최근 누님께서 힘드신데, 겨우 이런 일로 폐를 끼칠 수는 없어!'

그렇게 초조한 마음으로 기다리는 가운데, 마침내 능위군이 고개를 끄덕이며 말했다.

"좋아. 받아주지. 대신 한 가지 조건이 있어."

"조건이요?"

이미 손거울 그 자체만으로도 장물로서의 가치는 충분했다.

그런데 어찌 거기에 조건을 하나 더 걸 수 있다는 말인가?

엄연히 불합리한 처사였으나, 안타깝게도 칼자루를 쥔 쪽은 그가 아닌 능위군 쪽이었다.

"조건은 간단하다. 조만간 지광, 네 누이와 우리 큰형님이 서로 만날 수 있도록 자리를 마련해라. 그렇게만 해준다면 오늘 이 자리의 술값은 그냥 내가 내는 것으로 하겠다."

"그 무슨……!"

뜻밖의 조건에 유지광은 당황을 금치 못했다.

그런 그의 반응은 아랑곳없이 능위군은 마저 말을 이었다.

"뿐만 아니라 네 녹봉도 지금보다 열 배는 더 나오도록 위에다 말해주지. 어때? 이만하면 그리 나쁜 조건은 아니지?"

"……."

유지광은 순간적으로 말문이 막혔다.

만남의 자리를 마련하라니.

지금 능위군은 유지광에게 스스로 그의 누이를 금와방에다 갖다 바치고 말하는 꼴이었다.

더욱이 현재 금와방 측에서 자신들 유가장의 의사와 상관 없이 마음대로 정략결혼을 추진하고 있다는 사실을 알고 있는 마당이었다.

만약 누이가 그 자리에 나가기라도 한다면?

그 즉시 강제로 금와방의 장남과 혼례를 치러야 할 것이다.

절대로 그 꼴만은 볼 수 없었던 걸까?

그간 유순하게만 보였던 유지광의 얼굴이 처음으로 엄중해졌다.

"불가합니다. 다른 조건이라면 모를까, 그것만은 절대 안 됩니다."

유지광의 단호한 거절에 능위군의 입꼬리가 비릿하게 말아 올라갔다.

"고작 자리를 마련해 달라는 것뿐인데, 그게 뭐가 어렵다고 단칼에 거절하는 거지? 이것 참 답답한 친구로군. 어찌 이리도 세상 물정을 모를까……."

그러면서 능위군은 유지광에게 바싹 다가가더니 이내 그의 귀에다 대고 속삭이듯 말했다.

"고작 망해가는 무가의 자식 주제에 감히 내 제안을 거절해? 그러고도 네가 무사할 줄 알아?"

"……!"

순간 유지광은 자신의 등 뒤를 누군가 점유하는 것을 느꼈다.

얼른 고개를 돌리자 그곳에는 함께 술자리에 참석했던 청검대 무인 중 하나가 버티고 서 있었다.

그뿐만 아니라 어느덧 다른 자들 역시 일사불란하게 움직여서 유지광이 도주할 수 있는 길목을 원천적으로 차단했다.

"선배님들, 어째서……!"

유지광은 이해할 수 없다는 표정으로 청검대 무인들을 바라봤다. 어찌 같은 무림맹의 무사로서 이럴 수 있다는 말인가?

이에 무인들 중 하나가 변명하듯 말했다.

"미안하네, 지광이. 곧 있으면 둘째가 태어나네. 부디 내 사정을 이해해 주게나."

"……."

그 말을 듣는 순간, 유지광은 할 말을 잃었다.

부양해야 할 가족이 늘었다.

그 자체는 기쁜 일이지만, 정작 기존 청검대의 녹봉만으로는 가계를 지탱하기가 어렵다는 게 작금의 현실이었다.

그렇다고 해서 당장 실력을 키우거나 공을 세워서 청검대보다 위의 단체인 백검대(白劍隊)나 적검대(赤劍隊)로 진급할 수도 없는 노릇.

해서 그는 어쩔 수 없이 능위군의 수족이 되었다고 말하는 것이었다.

능위군, 정확히는 그의 뒤에 있는 금와방의 금력은 가히 상상을 초월하니까.

다른 이들도 그와 별반 사정이 다르지 않을 것이다.

하나같이 쉬이 유지광과 눈을 마주치지 못하는 게 그 증거였다.

"이런 비열한……!"

돈으로 사람을 매수하다니. 이게 어디 정파의 사람으로서 할 짓이란 말인가?

유지광이 분노하자 능위군은 능글맞게 웃으면서 말했다.

"비열한 게 아니라 본 방이 가진 힘 중 일부를 보여준 것뿐이다. 자, 봐라. 지금 이곳에 우리 말고 또 누가 있단 말이냐?"

그러고 보니 이만한 소란이 벌어졌음에도 주변이 이상할 정도로 조용했다.

이에 유지광이 장내를 둘러보자 어느새 손님들이 거의 다 빠지고 없었다.

능위군이 금와방의 사람, 개중에서도 가장 질이 안 좋기로 소문난 막내 공자라는 것을 알자마자 잽싸게 자리를 피한 것이었다.

자고로 고래 싸움에 새우등이 터지게 마련.

비록 유지광의 사정이 딱하긴 하나 그렇다고 해서 대놓고 금와방과 척을 질 수는 없는 노릇이었으니까.

하지만 그럼에도 세상에는 언제나 예외가 존재하게 마련이었다.

第三章
남아삼불행(男兒三不行)

탁—

조용한 가운데, 술잔을 내려놓는 소리가 유독 크게 장내에
울렸다.

이에 모든 이들의 시선이 약속이라도 한 것처럼 한쪽으로
쏠렸다.

'저건?'

이화반점의 가장 구석진 자리.

그곳에는 비워진 술잔을 채우고 있는 갈의 사내, 이신이 있
었다.

그런 그의 모습은 맞은편에서 연신 초조한 기색이 역력한

장대호와 사뭇 대조적이었다.

능위군이 살짝 눈살을 찌푸렸다.

'저놈은 대체 누구지?'

조금 전의 소란을 통해서 자신이 금와방의 막내 공자라는 사실은 알고 있을 게 분명했다.

한데도 이렇다 할 반응을 보이기는커녕, 도리어 태연하게 계속 자리에 앉아서 술을 마시다니.

그 근거를 알 수 없는 여유와 자신감이 사뭇 눈에 거슬렸다.

이건 흡사 자신을 무시하는 것 같은 태도가 아닌가.

'마음에 안 들어.'

그런 능위군의 마음을 용케 눈치챈 청검대 무인 하나가 잽싸게 앞으로 나섰다.

그의 이름은 강유.

평소 능위군에게 아첨을 잘 떨기로 유명한 자로, 다른 이들이 경제적 이유나 여타 사정으로 어쩔 수 없이 능위군에게 협력하는 것과 달리 그는 자발적으로 능위군의 수족을 자처했다.

전형적인 호가호위형 인물이었다.

그렇게 능위군이란 이름의 범을 등 뒤에 업은 채로 강유는 기세등등하게 외쳤다.

"어이, 촌뜨기! 상황 파악이 잘 안 되는 모양인데, 좋은 말로 할 때 그만 자리에서 일어나시지? 안 그럼 네발로 기어 나가야 할 거야."

마치 저잣거리의 시정잡배들이나 할 법한 실로 유치한 협박이었으나, 어차피 지금 이화반점에는 그들 외에는 아무도 없었다.

당연히 주변의 이목에 신경 쓸 필요가 전혀 없었고, 뭣보다 그의 뒤에는 능위군이라는 든든한 뒷배가 있었다.

그런 강유의 협박에 장대호의 얼굴이 일순 핼쑥해졌다.

얼핏 보기엔 그 모습이 마치 강유의 협박에 겁을 집어먹은 것처럼 보였지만, 정작 그가 두려워하는 것은 따로 있었다.

'시발, 이 양반이 미쳤나! 감히 천하의 소악귀한테 뭐 저런 되도 않은 협박을……!'

안 그래도 좀 전까지 과거 염라방을 해산시켰을 때의 그 불길한 미소를 지어서 자신의 가슴을 철렁하게 만들었던 이신이다.

그런 마당에 그에게 저딴 식의 협박을 해댄다는 것은 흡사 제 발로 염라대왕 앞까지 기어가서 죽여 달라고 간청하는 꼴이었다.

그런 사실을 아는지 모르는지 강유는 계속해서 되도 않은 협박을 이어나갔다.

"어이, 내 말 안 들리나? 설마 귀머거리인 건 아니겠지? 만약 들리는데도 무시하는 거라면……."

강유의 눈빛이 스산해졌다.

동시에 그의 오른손이 허리춤의 장검으로 향했다.

스릉—

이윽고 검집에서 빠져나오는 청강검을 보는 순간, 장대호는 한숨과 함께 손으로 이마를 감싸 쥐었다.

'저질렀군.'

만약 강유의 협박이 말만으로 그쳤다면, 장대호가 중간에 나서서 어찌어찌 이신을 달래는 식으로 사태를 무마시킬 수 있었을지도 모른다.

하지만 끝내 강유는 검을 뽑고 말았고, 이젠 사태는 돌이킬 수 없게 되었다.

그 사실을 증명하듯 내내 아무 말도 없던 이신이 처음으로 입을 열었다.

"…각오는 된 건가?"

"각오?"

순간 의미를 알 수 없어서 강유는 저도 모르게 반문했다.

그러자 이신은 똑바로 그의 눈을 바라보면서 말했다.

"내가 잘 아는 분이 그랬지. 무인이 검을 뽑는다는 건 상대의 목숨을 해하겠다는 것을 의미한다. 즉 다시 말해서 검을 든 당사자 역시도 목숨을 걸겠다는 각오를 해야 한다고."

"이놈이 보자보자 하니까, 갑자기 뭔 헛소리를……."

어처구니없어 하는 강유의 반응은 아랑곳없이 이신은 매우 진지한 얼굴로 말을 이었다.

"다시 한 번 묻겠다. 너는 그럴 각오가 되어 있나?"

"…미친 놈."

일순 허공에서 한 줄기 검광이 번뜩였다. 더는 이신의 헛소리를 못 들어주겠다는 듯 강유가 냅다 검을 휘두른 것이다.

하지만 어찌 된 일인지 그의 검은 애꿎은 빈 허공만 갈랐다.

동시에 그의 눈앞에서 이신의 모습이 사라지더니, 곧 능위군 등이 어처구니없다는 얼굴로 자신을 바라보는 게 보였다.

'뭐, 뭐야?'

분명 그는 이신을 공격했는데 어찌 눈앞에 일행들이 서 있단 말인가?

처음에는 어리둥절했지만, 곧 뭔가를 깨달은 듯 강유는 서둘러 고개를 뒤로 돌렸다.

그러자 여전히 그 자리에 가만히 앉아 있는 이신의 모습이 보였다.

이에 강유는 자신이 처음 공격할 때와는 완전히 정반대 방향으로 서 있다는 사실을 알 수 있었다.

그 말은 강유 혼자 제자리서 반 바퀴 빙 돌았다는 소리인데, 미치지 않고서야 일부러 그런 쓸데없는 짓을 할 리가 만무했다.

혹시 몰라서 다시 한 번 방향을 바꾼 다음, 이신을 향해서 검을 휘둘렀다.

하지만 그 결과는 조금 전의 재현이었다.

그걸 무려 십여 차례 반복하고 나자 강유의 얼굴은 창백하게 일그러졌다.

'대, 대체 이게 어찌 된 일이란 말인가!'

분명 자신은 이신을 공격하고 있는데, 정작 검이 그에게 닿지 않다니.

마치 진법의 환영에 현혹되기라도 한 듯한 기분이었다.

그러나 막상 그를 지켜보는 사람들의 생각은 전혀 그렇지 않았다.

'도대체 왜 혼자서 제자리서 빙빙 칼춤을 추고 지랄이지?'

'드디어 강 무사가 미친 건가?'

강유 딴에는 자신이 제대로 공격한다고 생각하겠지만, 다른 사람들의 눈에는 그가 공격 도중에 갑자기 뒤로 회전하는 것으로 보일 뿐이었다.

하지만 그나마 이 자리서 제일 나은 무위를 자랑하는 능위군의 눈에는 어렴풋이 보였다.

좀 전에 강유의 검이 이신의 몸에 거의 당도하기 직전, 희미하게 나타나서 그의 검로를 통째로 비틀어 버리는 아지랑이의 존재가.

'도대체 그게 뭐기에 강유의 검로를 멋대로 비틀 수 있는 거지?'

거기다 외부의 개입으로 인해서 자신의 검로가 비틀어졌다고 강유 스스로도 인식하지 못할 만큼 아지랑이의 완급 조절은 가히 신의 경지에 도달해 있었다.

의문이 계속되는 가운데, 능위군은 문득 이신을 바라봤다가 깨달았다.

조금 전과 달리 이신의 손에 어느덧 젓가락 한 짝이 들려져 있다는 사실을.

'설마 저 젓가락으로… 아냐, 그럴 리가 없어.'

능위군은 순간적으로 떠오른 자신의 생각을 단번에 부정했다.

제아무리 뛰어난 고수라고 할지라도 한낱 젓가락 따위로 상대의 검로를 도중에 비튼다는 것은 상식적으로 불가능한 일이었다.

그러나 무작정 부정하기도 뭐한 게 좀 전에 봤던 정체불명의 아지랑이가 아무래도 영 마음에 걸렸다.

어찌 되었든 간에 이신을 상대하는 데 있어서 보다 신중해야 할 필요가 있었다.

'조심해야겠어.'

그런 가운데, 이신이 불쑥 입을 열었다.

"총 열네 번이군."

"……?"

갑작스러운 이신의 말에 강유를 비롯한 모두가 고개를 갸웃거렸다.

이에 이신이 덧붙이듯 말했다.

"지금까지 네가 아무것도 못한 채 죽을 뻔한 횟수를 말하는 거다."

"내가… 죽을 뻔한 횟수라고?"

이건 또 뭔 소리인가 싶었지만, 강유의 손은 제 의지와 상관없이 어느덧 가슴 어림으로 향했다.

그러자 예리한 검흔과 함께 적나라하게 노출된 맨가슴이 만져졌다.

이에 강유의 얼굴이 눈에 띄게 창백해졌고, 그는 서둘러 온몸을 샅샅이 살피기 시작했다.

그러자 가슴 어림뿐만 아니라 전신 여기저기에 아까 전까지만 해도 없던 검흔들이 적나라하게 남겨져 있음을 뒤늦게 알 수 있었다.

그 숫자는 다해서 무려 열네 개.

공교롭게도 모두 일격에 즉사에 이를 수 있는 사혈로부터 얼마 안 떨어진 부위였다.

그야말로 종이 한 장 차이로 간신히 비껴갔다고 할까.

한두 개라면 모를까, 전부 다 그런 식이라는 것은…….

이에 강유는 알 수 있었다.

만약 이신이 그럴 마음만 있었다면, 자신은 진즉에 차디찬 시체가 되고 말았을 것임을.

'이, 일부러 봐준 거란 말인가?'

일순 눈앞이 아찔해지면서 식은땀이 주르륵 흘러내렸다.

강유는 이마에 흐르는 굵은 땀방울을 닦을 생각조차 못한 채 몸을 부르르 떨어댔다.

그런 그를 무시한 채 이신은 나머지 청검대 무인들을 바라봤다.

"너희들은 목숨을 걸 각오가 되어 있나?"

그의 말에 청검대 무인들은 흠칫 놀랐지만, 누구 하나 쉬이 앞으로 나서지 못했다.

각오고 나발이고 간에 차마 이신과 싸워서 이길 자신이 없었기 때문이다.

그때, 이신이 다시금 입을 열었다.

"역시 혼자서는 자신이 없나? 그렇다면, 좋다."

"……?"

"한꺼번에 와라."

"……!"

일동은 일순 자신의 귀를 의심했다.

제아무리 이신이 알 수 없는 방식으로 강유를 희롱했다고 하지만, 그래도 한꺼번에 덤비라고 하는 건 다소 무리수처럼 보였다.

하지만 이신의 도발은 거기서 그치지 않았다.

"어차피 하나든 셋이든 그게 그거일 테니까."

"크윽……!"

"이놈이……!"

이신의 말이 끝나기 무섭게 세 명의 청검대 무인은 너 나할 것 없이 굳은 얼굴로 검병 쪽으로 손을 가져갔다.

그만큼 조금 전 이신의 말은 그들이 가진 무인으로서의 자존심을 제대로 건드리고 만 것이다.

서서히 분위기가 험악해지는 가운데, 이신은 결정적인 한방을 날렸다.

"뭣보다 그러는 편이 일일이 상대하는 것보다 훨씬 더 빨리 끝날 테니까."

"저, 저자가……!"

"건방진……!"

"가만 두지 않겠다!"

저런 말까지 듣고 참는다면 그건 더 이상 무인이 아니었다.

끝내 폭발하고 만 세 명의 청검대 무인은 일제히 이신을 향해서 쇄도했다.

이윽고 사방에서 일어나는 여러 개의 검광!

세 사람은 평소에도 호흡이 잘 맞기로 유명했는데, 그 진가가 여지없이 발휘된 것이다.

이신은 눈 깜짝할 새에 거미줄 같은 검광의 그물 속에 갇혀 버렸고, 금세 그의 몸이 검광에 의해서 갈기갈기 찢겨진다 싶을 때였다.

캉! 카카캉! 채챙─!

"으헉!"

"으아악!"

"지, 지금 어딜 보고 공격하는 거야!"

요란한 쇳소리와 함께 청검대 무인들은 어느덧 이신이 아닌 같은 편을 향해서 검을 겨누고 있었다.

그 바람에 하마터면 동료의 검에 다칠 뻔한 이도 있었다.

한편, 뒤에서 모든 상황을 지켜보던 능위군의 표정이 딱딱하게 굳어졌다.

'역시 이번에도……!'

그는 보았다.

검광의 그물 사이로 예의 아지랑이가 희미하게 피어오르는 것을.

그리고 아지랑이가 사라지기 무섭게 검광의 그물은 거짓말처럼 흩어져 버렸고, 그와 동시에 청검대 무인들은 서로를 향해서 검을 겨누었다.

앞서 강유가 당했던 것을 이번에는 그들이 당하고 만 것이다.

그것도 단순히 검로의 방향이 바뀌는 것을 넘어서 아예 서로가 서로를 공격하는 방식으로 말이다.

'단순히 검로를 비트는 것만이 아니라 그 방향까지 임의로 조작할 수 있단 말인가!'

그것도 한꺼번에 여러 명을 상대로 가능하다는 게 그저 놀랍기만 할 따름이었다.

'귀검 사부라면 어떨까?'

문득 그가 스승으로 모시고 있는 귀검 나부가 떠올랐다.

그는 금와방주가 특별히 공들여서 초빙한 일곱 명의 고수, 금와칠객 중 한 명으로 당연히 실력은 두말할 것 없이 뛰어났다.

만약 그라면 방금 전과 같은 일을 할 수 있을까?

능위군은 이내 고개를 내저었다.

'불가능하다. 한두 명이라면 모를까. 그 이상은 제아무리 귀검 사부라도……'

거기다 주목해야 할 점은 이신이 처음부터 지금까지 줄곧 자리에서 단 한 번도 일어난 적이 없다는 사실이었다.

즉 그는 앉은 자리에서 강유 등을 상대하는 것도 모자라서 그들을 압도하기까지 했다.

생각할수록 기가 막혔다.

어째서 지금 이 순간에 저런 무시무시한 고수가 자신의 눈앞에 나타날 수 있단 말인가?

'아직 아버님이 내린 명도 완수하지 못했거늘.'

순간 능위군은 갈등했다.

이대로 물러나서 때를 기다릴지, 아니면 무리해서라도 어떻게든 임무를 완수해야 할지를.

그러나 그에게 주어진 시간은 그리 길지 않았다.

"크윽!"

"으아아악!"

쉴 새 없이 이신에게 달려들던 세 명의 청검대 무인은 비명성과 함께 추풍낙엽처럼 나가떨어졌다.

그들 역시 앞서 강유와 마찬가지로 온몸에 십여 개의 검흔이 남겨져 있었다.

철저하게 이신에게 유린당한 것이다.

휘익―!

바로 그때, 갑자기 무언가가 빛살처럼 빠르게 능위군을 향해서 날아왔다.

능위군은 서둘러 피하려고 했지만, 이미 한발 늦은 뒤였다.

푹!

능위군의 왼쪽 허벅지에 깊이 박힌 것은 다름 아닌 젓가락이었다.

"크윽!"

뒤늦게 신음성과 함께 무릎을 꿇는 능위군의 얼굴은 구겨진 종잇장처럼 잔뜩 일그러져 있었다.

반면 젓가락을 던진 자, 이신의 표정은 처음부터 지금까지 무심하기 그지없었다.

그 무심한 시선이 능위군부터 시작해서 강유를 비롯한 청검대 무인들까지 하나하나 천천히 훑기 시작했다.

이에 능위군 등은 마치 산중의 제왕인 범이 자신들을 바라보는 듯한 위압감과 부담감을 동시에 느꼈다.

그만큼 별거 아닌 줄 알았던 이신이라는 존재가 어느덧 두렵고 거대한 존재로 탈바꿈한 것이었다.

그렇게 숨 막히는 침묵이 얼마나 이어졌을까?

불쑥 이신이 침묵을 깨면서 말했다.

"나는 고향에 돌아온 지 얼마 안 됐다. 거기다 오랜만에 친구와 만난 자리다 보니 딱히 이곳에서 피를 보고 싶지는 않아. 하지만……."

말하다 말고 이신의 시선이 불현듯 강유를 비롯한 청검대 무인들에게로 향했다.

이에 네 사람은 불에 덴 사람처럼 화들짝 놀랐지만, 이에 아랑곳없이 이신은 말을 이었다.

"이 이상 싸우겠다고 한다면, 각오해야 할 거야."

"으음……!"

야수처럼 강렬한 눈빛에 이은 이신의 직설적인 경고 앞에 강유를 비롯한 청검대 무인들은 뭐라 답하지 못하고, 그저 신음 비슷한 침음성만 흘려댔다.

이신의 시선이 이번에는 능위군에게로 향했다.

"금와방의 막내 공자라고 했던가? 제 아비의 위세만 믿고 함부로 까불다간 어찌 되는지 이번 기회에 잘 알았겠지? 다음부턴 조심해라, 애송이."

"크윽……!"

능위군은 순간 욱했지만, 차마 이신에게 뭐라고 대꾸하지는 못 했다.

그러기엔 앞서 견식했던 이신의 무위가 워낙 대단하거니와, 뭣보다 지금의 전력으로는 승산이 없음을 너무나도 잘 알기 때문이었다.

그래도 일말의 자존심 때문일까?

능위군은 한 발을 쩔뚝거리면서 말했다.

"…나중에 후회하게 될 것이다. 감히 본 방을 방해한 것을."

그의 협박성 짙은 경고에 이신의 한쪽 입꼬리가 소리 없이 올라갔다.

"누가 후회할지는 차차 두고 볼 일이지."

"흥!"

콧방귀와 함께 능위군은 그 길로 이화반점을 떠났고 청검대 무인들도 곧장 그 뒤를 따랐다.

그러자 이제 장내에 남은 것은 이신과 장대호, 그리고 유지광 단 셋뿐이었다.

어색한 침묵 속에서 먼저 입을 연 것은 뜻밖에도 유지광이었다.

"…저기, 가, 감사합니다."

"……."

유지광의 감사 인사에 이신은 멀뚱히 그를 바라보기만 할 뿐이었다.

그러다 채우다 만 잔에 다시 술을 채우려는 순간, 유지광이 말을 이었다.

"한데 왜 절 도와주신 겁니까?"

곤경에 처한 자신을 도와준 은인에게 할 만한 질문은 아니 었지만, 그럼에도 불구하고 유지광은 감히 묻지 않을 수 없었 다.

이신은 능위군이 금와방의 막내 공자라는 사실을 알고 있 었다.

무한에서 금와방이 차지하는 위세를 고려하면 보통 자신을 모른 체하거나 지금 이 자리를 피했어야 옳았다.

하나 그는 그렇지 않았다. 모른 척하거나 피하기는커녕 되 려 능위군 일행을 방해하는 것도 모자라서 놀라운 솜씨로 그 들을 묵사발 내버렸다.

이에 보면서 내심 통쾌하긴 했지만, 한편으로는 걱정도 되 었다.

이로서 이신은 꼼짝없이 금와방과 척을 지게 된 셈이었으니 까.

제삼자에 불과한 그가 굳이 그렇게까지 할 필요가 있었을 까?

유지광의 의문은 바로 거기서 비롯된 것이었다.

이에 이신은 술병을 내려놓고 말없이 그를 바라보더니 천천히 자리에서 일어났다.

그러고는 대뜸 유지광의 머리를 쓰다듬기 시작했다.

"어엇……!"

마치 막내 동생을 대하듯 스스럼없는 행동에 유지광이 당황을 금치 못했지만, 한편으로는 이 우악스러운 손길이 왠지 모르게 익숙하면서 친근하게 느껴졌다.

'어, 어째서?'

영문을 몰라 하는 가운데, 이신이 문득 입을 열었다.

"나를 걱정해 주는 것이냐? 예나 지금이나 상냥한 건 여전하구나."

"……"

'예나 지금이나?'

그 말을 듣는 순간, 유지광의 뇌리로 퍼뜩 떠오르는 얼굴이 있었다.

그가 아직 여덟 살도 채 안 되었을 무렵, 아버지 외의 유일하게 의지했던 존재.

생판 남이지만 그럼에도 불구하고, 오히려 가족 이상으로 더 가까웠던 그는 이신과 마찬가지로 매번 볼 때마다 유지광의 머리를 우악스러운 손길로 헝클어뜨리곤 했다.

'설마……?'

뭔가 깨달은 듯 유지광의 눈이 살짝 커지려는 찰나, 때마침 이신이 말을 이었다.

"숙부께서 늘 말씀하셨지. 사내대장부라면 절대로 하지 말아야 할 세 가지가 있다고."

"그, 그건······!"

일순 급살이라도 맞은 듯 유지광의 몸이 부르르 떨렸다.

남아삼불행(男兒三不行).

그것은 유지광의 부친, 유가장주 유정검이 늘 입버릇처럼 하던 말이자 유가장의 오랜 가훈이었다.

그 자세한 내용은 아래와 같았다.

첫째, 부모 자식이나 형제를 욕되게 하지 않는다.

둘째, 어려움에 처한 이를 외면하지 않는다.

셋째. 자신의 신념을 저버리지 않는다.

하나같이 누구라도 쉬이 할 법한 고리타분하면서 당연한 말뿐이었지만, 막상 그것을 지키고 실천하기가 어려운 게 현실이었다.

더욱이 험난하기 그지없는 무림에서는 훨씬 더 지키기 어려웠다.

하지만 힘든 만큼 이를 지켜 왔기에 유가장이 오랫동안 무한을 대표하는 명문 무가가 될 수 있었다.

그걸 어찌 이신이 알고 있단 말인가?

그런 유지광의 의문은 아랑곳없이 이신은 말을 이었다.

"용케도 지금까지 숙부님의 말씀을 지켜왔구나. 정말 장하다, 광아."

이신의 말이 끝나기 무섭게 유지광의 눈이 파르르 떨렸다.

그럴 수밖에 없었다.

여기까지 와서 이신의 정체를 눈치채지 못한다는 게 더 이상한 일이었으니까.

동시에 그의 눈시울이 붉어졌다.

"서, 설마 이, 이신 형님? 저, 정말로 형님이신 겁니까?"

흥분과 떨림을 감추지 못하는 유지광의 물음에 이신은 따뜻한 미소와 함께 고개를 끄덕였다.

"십오 년 만이구나, 광아."

그 순간, 유지광의 눈에서 닭똥 같은 눈물이 소리 없이 흘러내리기 시작했다.

이에 이신은 묵묵히 그의 어깨를 토닥였고, 유지광의 눈물은 더욱 굵어졌다.

십오 년.

그 오랜 세월을 거슬러 두 소년이 마침내 장성한 모습으로 재회하는 순간이었다.

이에 지켜보던 장대호가 화들짝 놀랐다.

"뭐야, 둘이 서로 아는 사이였던 거야?"

그의 물음에 이신이 고개를 끄덕였다.

"정확히는 내 양부와 광이의 아버님이 서로 아는 사이였지."

이신의 양부, 그는 유정검의 오랜 지기이자 무한에서 정천관이라는 이름의 조그마한 무관을 운영하던 이극렬이라는 무인이었다.

　이신의 성도 다름 아닌 그에게서 물려받은 것이었다.

　그런 사정을 듣고 나서야 비로소 장대호는 이해가 간다는 표정을 지었다.

　'어쩐지 소악귀 저놈이 답지 않게 괜히 남의 일에 끼어든다 싶더니만.'

　못 본 사이에 이신의 성격이 다소 유해졌다 싶었는데, 괜한 생각이었다.

　소악귀라 불리던 시절에도 이신은 제 사람만은 칼같이 챙기는 성격이었고, 행여 누가 자기 사람을 건드리면 철저하게 그를 짓밟았다.

　과거 그가 염라방을 해산시킨 것도 이신을 따르던 아이 하나의 누이가 그들이 놓은 염왕채의 빚 대신 사창가로 팔려간다는 사실을 알게 된 다음이었다.

　이번에 그가 유지광을 도운 것도 그와 비슷한 맥락이라고 봐야 했다.

　"그나저나 괜찮겠어? 마지막에 그 망나니 놈이 말하는 꼴로 봐서는 조만간 자기네 문파 사람들을 우르르 데리고 와서 한바탕할 것 같던데……."

　아무리 생각해도 마무리가 너무 허술했다.

예전에 이런 일이 있었다면 감히 보복할 마음도 들지 않게 철저히 상대를 밟았던 이신이거늘.

물론 그러는 한편으로 그가 나름의 방안을 마련했으리란 일말의 기대도 가지고 있었다.

천하의 소악귀가 아무런 대책 없이 일을 벌일 턱이 없었으니까.

그런 그의 기대에 부응하듯 이신은 의미심장한 미소를 지으며 말했다.

"걱정 마. 이미 손은 써뒀으니까."

"아니, 벌써?"

나름 생각해 둔 바가 있는 줄 알고 있었지만, 설마 이렇게 빨리 손을 썼을 줄이야.

"어떻게?"

장대호가 의아해하면서 물었지만, 이신은 그저 씨익 웃기만 할 뿐이었다.

＊　　　＊　　　＊

그 시각, 금와방에서는 때 아닌 난리가 벌어졌다.

"이게 대체 어찌 된 일이란 말이냐!"

노기탱천한 장년인의 외침에 방 안에 있는 이들은 모두 아무런 말도 하지 못 했다.

그런 장년인의 앞에는 능위군과 강유를 비롯한 청검대 무인들이 침상 위에 꼼짝없이 누워 있었다.

장년인, 금와방주 능치산은 열화와 같은 분노를 드러낸 채 의원을 다그쳤다.

"설명해라! 도대체 내 아들의 몸에 무슨 일이 일어난 것이냐!"

"그, 그것이……."

의원은 진땀을 흘리면서 능위군 등의 상태를 상세히 설명하기 시작했다.

"미, 믿을 수 없는 일이지만 혀, 현재 막내 공자님들께서는 원인 모를 연유에 의해서 전신의 혈도가 막혀 버린 상태입니다."

"혈도가 막혔다? 연유도 모른 채?"

"소, 소인의 진맥으로는 그, 그렇사옵니다."

"허면 치료할 방법은 뭔가?"

"그, 그것이……."

"방법이 뭐냐고 묻지 않는가!"

"소, 소인의 능력으로 불가능합니다."

"뭣이?"

의원의 말에 능치산뿐만 아니라 방안에 있던 모든 이가 화들짝 놀랐다.

천하의 금와방주 앞이라서 벌벌 떠는 것뿐이지, 눈앞의 의

원은 무한에서도 제법 알아주는 의원이었다.

한데 그런 그의 능력으로도 치료는커녕 원인조차 알 수 없는 병이라니.

아무래도 평범한 이들만 상대하는 의원의 한계인 듯싶었다.

능치산은 혀를 내차더니 옆에 있던 총관에게 말했다.

"지금 당장 관 선생을 이리로 모셔 와라."

"네, 방주."

잠시 후, 총관과 함께 청수한 외모의 중년인이 방 안으로 들어왔다.

그는 금와칠객 중에서 유일하게 의술에 능한 탄금수사(彈琴秀士) 관철림이었다.

"부르셨소이까, 방주."

"지금 인사가 중요한 게 아니오, 관 선생. 어서 빨리 우리 군이의 상태부터 좀 봐주시구려."

"흐음."

평소 같으면 자신의 인사를 정중히 받았을 능치산이 이리 서두르자 관철림은 단번에 작금의 사태가 심상치 않음을 깨달았다.

그는 능치산의 요청대로 서둘러 능위군의 상태를 살폈고, 잠시 후 저도 모르게 탄성을 터뜨렸다.

"허어, 어떻게 이런 일이……."

"어, 어찌 된 건지 아시겠소?"

초조한 기색이 역력한 능치산의 물음에 관철림이 딱딱하게 굳은 얼굴을 한 채 말했다.

"지금 공자는 전신의 주요 혈을 모두 제압당한 상태요. 아마 다른 이들도 마찬가지일 것이외다."

"그럼 어서 빨리 해혈을……."

능치산의 말이 채 끝나기도 전에 관철림이 고개를 내저었다.

"무리요. 이건 무척이나 독특한 점혈법이오. 이미 내가 아는 해혈법이란 해혈법은 총동원해 봤지만 아무런 소용이 없었소. 만약 내공을 이용해서 강제로 풀려고 한다면……."

관철림은 한차례 뜸을 들인 뒤 말했다.

"적어도 화경급의 고수가 매일 다섯 시진 이상 추궁과혈을 시전해야지만 공자들의 상태가 호전될 것이외다."

"그런! 화, 화경급의 고수라니……!"

관철림의 말에 능치산을 포함한 모든 이들이 아연실색했다.

화경급의 고수, 달리 말해서 초절정 고수는 작금의 무림에서 거의 찾아보기 어려웠다.

그나마 잘 알려진 화경급 고수가 무림맹주 백염도제와 천사련주 흑마신, 그리고 마교의 천마 정도였다.

제아무리 금와방의 재력이 무한 제일을 자랑한다고 하지만 그 정도의 고수를 초빙하기에는 역부족이었다.

결국 점혈법에 맞는 해혈법을 알아야만 한다는 소리였다.

"다, 다른 방법은 없는 것이오?"

"방법이 아예 없진 않소."

"그, 그게 무엇이오?"

능치산은 애타는 마음을 애써 진정시키며 물었다.

그러자 관철림은 길게 난 턱수염을 매만지면서 말했다.

"결자해지(結者解之)."

"결자해지?"

"잘 생각해 보시오, 방주. 혈을 점했다면, 반대로 그것을 푸는 것도 가능하지 않겠소?"

"아……!"

관철림의 말인즉슨 일일이 해혈법을 찾기보다 능위군 등의 혈도를 점한 당사자를 찾아와서 직접 점혈을 풀게 하라는 뜻이었다.

확실히 첫 번째 방법보다는 훨씬 현실적이었고, 또한 손쉬운 방법이 아닐 수 없었다.

"지금 당장 그놈이 누군지 알아 와라! 어서!"

"충!"

그의 명령이 떨어지기 무섭게 총관을 비롯한 금와방의 무사들이 바쁘게 움직이기 시작했다.

그러는 사이, 능치산은 아들 능위군의 손을 부여잡으면서 나지막하게 속삭였다.

"누구인지 몰라도 감히 본 방을 건드린 것을 후회하게 해주겠다. 반드시……!"

그렇게 원독에 찬 맹세와 함께 무한의 밤은 더욱 깊어져 갔다.

第四章
월하소요(月下騷擾)

　야심한 시각.

　이신은 홀로 술잔을 기울이고 있었다.

　함께 마시던 장대호나 유지광은 일찌감치 뻗어서 널브러진
지 오래였다.

　마치 밑 빠진 독에다 물 붓듯 계속 마셔대는 이신의 속도를
억지로 따라가려다 보니 벌어진 사단이었다.

　혈영대 시절에도 이신의 괴물 같은 주량은 유명했다.

　오죽하면 혈영대의 다섯 조장은 그를 일컬어 혈영사신이 아
니라 혈영주신(血影酒神)이라고 바꿔 부를 정도였으니까.

　그때의 추억을 되새기면서 이신은 창밖으로 시선을 던졌다.

은은한 월광과 함께 하늘 높이 뜬 보름달이 눈에 들어왔다.

'다들 잘 지내고 있는지 모르겠군.'

살짝 불콰해진 얼굴로 이신은 다섯 조장의 면면을 하나둘씩 머릿속으로 떠올렸다.

마교를 떠난 이상, 더는 볼 수 없는 얼굴들.

그들과 동고동락한 세월은 기껏 해야 십 년 남짓이었지만, 이신의 평생을 통틀어서 그들은 감히 어느 누구도 대신할 수 없는 최고의 동료이자 친구였다.

그중 일조장 신수연의 얼굴을 떠올리는 순간, 이신은 저도 모르게 살짝 쓴웃음을 머금었다.

빙검후라는 별호에 걸맞게 항상 얼음장 같은 무표정을 고수하는 신수연의 출신은 사뭇 남달랐다.

빙마종(氷魔宗).

당당히 마교 오대마종의 하나로 손꼽히는 그곳은 세가 기울 대로 기운 이신의 사문, 염마종과 달리 마교 안에서 실세를 다툴 만큼 막강한 영향력을 자랑했다.

거기다 신수연은 당대 빙마종주가 아끼는 애제자이자 그의 하나밖에 없는 여식이기도 했다.

핏줄로 치자면 가히 순혈 중의 순혈이랄까.

그런 그녀가 혈영대에 몸을 담은 것은 실로 예상외의 일이었다.

비록 지난 정마대전에서 혁혁한 공을 세우긴 했으나, 원래 혈영대는 기껏해야 위의 명령에 따라서 움직이는 한낱 특작조에 불과했으니까.

실제 혈영대를 이루는 인원의 대부분이 평교도 출신임을 감안하면 그녀와 혈영대는 너무나도 어울리지 않았다.

그런 그녀가 혈영대에 소속되어 있는 이유는 다름 아닌 이신 때문이었다.

어느 날, 갑자기 불쑥 혈영대로 찾아온 그녀는 대뜸 이신에게 다가가 말했다.

―네가 염마종의 이신인가?

그녀의 물음에 이신이 그렇다고 대답하기 무섭게 한 자루의 빙검이 허공을 갈랐다.

아직 종리찬으로부터 내공을 이어받기 전인 터라 이신은 오직 본연의 무위만으로 필사적으로 그녀와 대적했다.

어릴 때부터 명사의 가르침 아래 상승무학을 꾸준히 익혀왔기 때문인지 신수연의 무위는 실로 놀라웠지만 상대적으로 실전 경험이 부족했다.

반면 실전에서 생과 사의 기로를 수차례 넘겨온 탓인지 이신은 그녀가 예상치 못한 수법의 변초를 펼쳐서 그녀를 당혹케 했다.

거기다 어떻게든 반드시 살아남고 말겠다는 불굴의 의지는 신수연의 빙검으로도 차마 꺾을 수 없었다.

결국 두 사람의 싸움은 무승부로 마무리되었다.

그때 생긴 상처는 아직도 이신의 몸에 고스란히 남겨져 있었지만, 정작 더 큰 상처를 입은 것은 오히려 신수연 쪽이었다.

그녀는 세가 기울대로 기운 염마종의 후예인 그를 압도하기는커녕 무승부로 끝났다는 사실이 사뭇 충격적이었는지 다음 날 굳은 얼굴로 선언했다.

―이신, 너를 꺾을 때까지 나도 이곳에 남아 있겠다.

그렇게 그녀는 이신 등의 의사와 상관없이 반강제로 혈영대에 몸을 담게 되었고, 이 일로 마교 안은 크게 소란스러워졌다.

그럴 수밖에 없었다.

빙마종주의 제자이자 금지옥엽인 그녀가 어찌 한낱 혈영대 따위에 몸을 담는단 말인가.

더군다나 그녀가 혈영대에 남기로 한 이유가 다름 아닌 이신과 싸워서 무승부가 났기 때문이라고 하자 더더욱 이 일은 많은 이들의 입에 오르내렸다.

졸지에 그때까지 무명이었던 이신의 존재도 마교 고위층 사이에 적잖이 알려졌다.

아마 그때부터일 것이다.

그저 그런 특작조였던 혈영대가 점차 위험하면서 중요한 임무에 투입되기 시작하고, 훗날 새로이 마교를 대표하는 타격대로 불리게 된 것은.

그리고 최후의 최후까지 신수연은 매일같이 틈만 나면 이신에게 도전했다.

심지어 이신이 장사평을 떠나기 전날 밤까지 말이다.

'정말이지, 제멋대로였지.'

부하이면서도 상관인 이신에게 반말을 툭툭 내뱉기 일쑤인 그녀는 다소 성가신 여인이었지만, 반면 전장에서는 어느 누구보다도 자신의 등 뒤를 안심하고 맡길 수 있는 든든한 동료 그 이상이었다.

그런 사람을 남은 평생에 또다시 만날 수 있을지 의문일 정도로 말이다.

그렇게 얼마나 상념에 빠져 있었을까?

문득 이신은 들고 있던 잔을 조용히 내려놓은 뒤 자리에서 일어났다.

동시에 그의 몸에서 희미한 수증기 같은 게 피어오르기 시작했다.

내공을 이용해서 몸속에 있던 주기를 몸 밖으로 배출하는 것도 모자라서 전부 기화시켜 버린 것이다.

그 사실을 증명하듯 한껏 불콰하던 이신의 얼굴은 어느새 멀쩡해졌다.

만약 몸에 밴 술 냄새가 아니었다면, 그가 좀 전까지 진탕 술을 마셨다고 믿을 사람은 아무도 없었다.

이신은 한 자루의 검처럼 날카로운 눈빛을 한 채 창밖을 바라봤다.

"생각보다 빨리 왔군."

적어도 내일 오전 중에야 움직일 줄 알았거늘. 아무래도 자신이 은연중에 상대를 너무 얕본 모양이었다.

'뭐 그래봐야 예상 범위 내지만.'

차가운 조소를 입가에 머금기 무섭게 이신은 가볍게 바닥을 박찼다.

그러자 그의 신형이 순식간에 유령처럼 장내에서 사라졌고, 잠시 후 그는 이화반점으로부터 멀찍이 떨어진 한 건물 위에서 모습을 드러냈다.

혈영보(血影步).

혈영대의 무인이라면 누구나 익히는 기초적인 보법이었으나, 이신이 펼친 그것은 어느 상승보법과 비교해도 전혀 뒤지지 않는 정교함과 은밀함을 자랑했다.

가파른 경사를 자랑하는 지붕의 맨 꼭대기에 우뚝 선 채로 이신은 발아래를 내려다봤다.

그러자 그곳에는 횃불을 들고 있는 일단의 무리가 있었고, 그들의 우두머리로 보이는 이가 한창 뭔가를 설명하는 중이었다.

이윽고 이신의 눈에 그들이 입고 있는 청색 무복이 들어왔다.

무복의 등짝에는 대문짝만하게 금와(金蛙)란 글자가 수놓아져 있었고, 오른쪽 가슴팍에는 금두꺼비 문양이 떡하니 새겨져 있었다.

그것을 확인하자마자 이신의 입꼬리가 소리 없이 올라갔다.

장대호의 등골을 오싹하게 만든 바로 그 미소였다.

그리고 내내 밤하늘을 밝히던 보름달이 문득 먹구름에 가려진다 싶을 때, 이신의 신형이 한 마리의 야조처럼 곧장 아래로 떨어지기 시작했다.

콰쾅―!

뭔가가 부서지는 요란한 소리에 장원 여기저기서 개미 떼처럼 사람들이 우르르 쏟아져 나왔다.

"뭐, 뭐야?"

"무슨 일이지?"

의아함이 가득했지만, 그래도 그들은 평소 훈련한 대로 대열을 맞춰서 섰고, 곧 두터운 대문이 산산조각 난 것을 발견했다.

이윽고 대문을 부순 것이 뭔지도 바로 알 수 있었다.

"저, 저……!"

대문을 부순 것은 다름 아닌 막내 공자 능위군의 혈을 점혈한 이를 찾으러 나갔던 외당(外黨)의 무인 중 한 명이었다. 그것도 평소 어깨에 꽤나 힘을 주고 다니던 외당주 본인이었다.

그는 양쪽 눈두덩이 검게 물든 것은 물론이거니와, 팔다리가 나뭇가지 비틀 듯 전부 꺾을 수 없는 각도로 한껏 꺾인 상태였다.

심지어 살려달라고 말하려는 듯 힘없이 우물거리는 그의 입술 사이로 몇 안 남은 이빨들이 얼핏 보였다.

차마 눈 뜨고도 보지 못할 모습, 목불인견(目不忍見)이라는 말이 절로 떠올랐다.

몇 시진 전까지만 해도 멀쩡했던 사람이 저 지경으로 변하다니.

'도대체 무슨 일이 있었던 거지?'

작금의 사태에 대해서 의문을 감추지 못 하는 가운데, 저 멀리 어둠 속에서 누군가가 천천히 걸어왔다.

터벅— 터벅—

마치 산책이라도 나온 듯 유유자적한 걸음걸이, 그러나 그의 얼굴과 옷자락에 묻은 핏자국은 온건함 따위와는 거리가 멀어도 한참 멀었다.

물론 전부 사내, 이신의 피가 아닌 좀 전에 그가 급습한 금와방 외당 무사들의 피였다.

순식간에 그들을 궤멸시켜 버린 이신은 생각했다.

어차피 자신이 해치운 외당 무사들은 한낱 조무래기에 불과했다.

이들을 해치운들 필시 또 다른 자들이 자신을 찾아올 것이다.

그렇다면 사태를 질질 끌기보단 차라리 이참에 직접 금와방에 찾아가서 담판을 짓는 게 낫다고 판단했다.

속전속결(速戰速決).

그런 마음가짐으로 금와방을 찾은 이신은 부서진 대문을 넘어 장원 안으로 성큼 들어섰다.

"여기가 금와방 맞지?"

대뜸 내뱉는 물음에 쉬이 답하는 이는 없었다.

그러나 그들의 침묵을 긍정으로 받아들인 듯 이신은 재차 입을 열었다.

"금와방주 나오라고 해, 당장."

당돌한 그의 말에 금와방 무인들은 하나같이 어처구니없다는 표정을 지었다.

감히 혼자서 금와방에 쳐들어 온 것도 모자라서 금와방주더러 나오라고 하다니.

용감한 건지 아니면 어리석은 건지, 쉬이 분간키 어려웠다.

그때, 유독 체구가 장대한 사내가 불쑥 앞으로 나서며 말했다.

"건방진 놈. 방주님이 무슨 너희 집 개새끼라도 되는 줄 아는 것이냐? 거기다 네놈이 뭐라고 마음대로 사람을 오라 가라 하는 것이……."

퍼어어억—!

사내의 말이 채 끝나기도 전에 이신의 주먹이 그의 얼굴에 작렬했다.

비명을 내지를 틈도 없이 사내의 몸이 몇 바퀴 돌면서 뒤로 날아갔다.

겨우 멈춰선 그의 얼굴은 한가운데가 주먹 모양으로 움푹 패여 있었다.

간헐적으로 전신을 부르르 떨어대면서 연신 핏물을 게워대는 그의 모습에 지켜보던 금와방 무인들은 모두 인상이 굳어졌다.

동료의 처참한 몰골보다 그를 그 지경으로 만든 이신의 솜씨에 놀랐다는 게 정확한 표현이었다.

'움직임이…….'

'안 보였어!'

그저 퍼어어억— 소리가 들리기 무섭게 사내는 뒤로 날아갔고, 이신은 어느새 그들 사이에 우뚝 서 있었다.

수십 명이 지켜보고 있는데, 그중 어느 누구도 이신이 어떤 식으로 사내에게 접근해서 주먹을 날렸는지 전혀 보지 못하다니.

눈으로 보면서 도저히 믿기 어려운 신위였다.

'도대체 저놈은 누구지?'

모두의 뇌리에 공통적으로 떠오른 물음이었다.

그런 가운데, 이신이 싸늘한 표정으로 나지막하게 중얼거렸다.

"미안하지만, 우리 집에서는 제 주인도 몰라보는 그런 배은 망덕한 개새끼 따위 안 키운다."

그러고는 자신을 바라보는 금와방 무인들을 향해서 말했다.

"이참에 말하지. 난 그리 인내심이 강한 편이 아니야. 그러니까……"

이신이 말끝을 한차례 흐림과 동시에 일순 무형의 기세가 금와방 무인들의 어깨가 짓눌렀다.

마치 거대한 태산을 홀로 짊어진 듯한 압박감! 거기에 등골이 저릿저릿해지는 지독한 살기가 덤으로 얹어졌다.

생전 처음 경험해 보는 감각의 연속에 그들은 절로 신음하지 않을 수 없었다.

그런 가운데 이신은 마저 말을 끝맺었다.

"당장 내 앞으로 금와방주 데려와."

"허억……!"

"커윽!"

이신의 말에 대답할 힘도 없는 듯 금와방 무인들은 그저 신음만 토할 뿐이었다.

그때였다.

파악!

갑자기 나타난 꼬챙이 같은 기형검 한 자루가 이신의 미간을 노리며 날아왔다.

이에 이신은 옆으로 한 발자국 움직였고, 그 간단한 동작한 번에 기형검은 허무하게 빈 허공만 찔렀다. 이윽고 이신의주먹이 섬전처럼 움직였다.

카앙!!

"크윽!"

둔탁한 쇳소리와 함께 웬 창백한 안색의 중년인이 뒷걸음질 쳤다.

'분명 검면으로 방어했는데……'

거기다 엄연히 이신이 맨손으로 공격했음에도 쇳소리가 났다는 사실에 중년인, 귀검 나부는 내심 경악을 금치 못했다.

한편 앞서 사내와 달리 자신의 주먹을 막는 데 성공한 그를 보면서 이신은 두 눈을 번뜩였다.

"보아 하니 네놈은 그 금와칠객이니 뭐니 하는 놈 중 하나인가 보군."

"……"

귀검은 아무 말도 하지 않고 굳은 얼굴로 기형검을 치켜들었다.

이신의 입꼬리가 살짝 말려 올라갔다.

"자질구레한 말 대신 검으로 말하겠다는 건가. 그런 건 나쁘지 않아. 아니, 오히려 나도 그런 걸 좋아하지. 하지만……."

이신의 시선이 한쪽으로 향했다. 그러자 한꺼번에 우르르 나타나는 여섯 명의 인영이 보였다. 귀검을 제외한 나머지 금와칠객이었다.

거기다 갑작스러운 귀검의 공격으로 인해서 장내를 장악하던 무형의 기파와 살기가 사라지자, 이내 정신을 차린 금와방 무인들이 서둘러 이신의 주위를 빼곡하게 둘러싸는 게 보였다.

그러한 상황을 한눈에 파악한 이신은 다시금 귀검을 바라보면서 말을 이었다.

"아무래도 피차 길게 이야기할 시간은 없을 것 같군."

타탓!

이신의 말이 끝나기 무섭게 귀검의 신형이 쇄도했다.

동시에 그의 신형이 여러 개로 나뉘는 듯한 착각이 들더니, 이윽고 손아귀에 들린 기형검이 미친 듯이 회전하기 시작했다.

위이이이이잉—!

사방을 울려대는 괴음에 나머지 금와칠객들은 내심 상황이 끝났다고 단정 지었다.

그도 그럴 게 귀검이 자신의 특기인 분영살보(分影殺步)와 나선회운검(螺旋回雲劍)을 한꺼번에 전력으로 펼쳤기 때문이다.

분영살보는 이름 그대로 신형이 여러 개로 나뉘는 듯한 착각을 일으켜서 상대의 이목을 흐리게 만드는 보법이었다.

그리고 나선회운검은 제아무리 두꺼운 강철도 단번에 꿰뚫을 수 있는 관통력을 자랑하는 귀검의 독문검법이었는데, 특히 그가 사용하는 기형검은 나선회운검의 관통력을 곱절로 증가시키는 효용이 있었다.

분영살보와 나선회운검.

그 두 가지가 동시에 펼쳐진다면 같은 금와칠객일지라도 감히 정면에서 맞설 자신이 없었다. 기껏해야 피하는 게 고작이었다.

때문에 그들은 당장에라도 이신의 몸이 회전하는 기형검에 의해서 꿰뚫릴 거라 확신했다.

하지만 상황은 마냥 그들의 생각대로 흘러가지 않았다.

위이이이… 이이… 끼긱! 끼기기기긱―!

장내 모든 이들의 귀를 자극하던 괴음이 갑자기 달라졌다.

지금까지는 막힘없이 회전하던 것이 뭔가에 가로막혀서 마냥 헛돈다는 느낌이랄까.

그리고 그것은 단순한 착각이 아니었다.

실제로 귀검의 기형검은 더 이상 앞으로 나아가지 못하고 있었으니까.

"직접 검을 회전시켜서 발생한 회전력을 일점에 집중해서 상대를 꿰뚫는 검이라. 전사경(纏絲勁)의 이치를 극대화해서 검법으로 승화시킨 건가? 재미있군."

놀랍게도 이신은 웬 기다란 천 조각 하나를 검처럼 들어서 기형검을 막고 있었다.

천의 정체는 다름 아닌 이신의 머리카락을 묶고 있던 머리띠였다.

내공을 불어넣은 듯 머리띠는 마치 막대기처럼 빳빳하게 일어나 있었는데, 기형검의 살인적인 회전에도 불구하고 천이 헤지기는커녕 도리어 기형검을 뒤로 밀어내기까지 했다.

지켜보는 이들의 입이 쩍 벌어졌다.

같은 검도 아니고 고작 머리띠 따위로 귀검의 나선회운검을 막아 내다니.

심지어 그 상태에서 이신은 태연하게 귀검의 나선회운검에 대해서 품평까지 했다.

도대체 이걸 어찌 받아들여야 한단 말인가?

모두의 어안이 벙벙한 가운데, 이신이 말을 이었다.

"거기다 단순히 검만 회전시키는 게 다가 아닌 것 같군."

"크윽……!"

귀검은 저도 모르게 신음성을 토해냈다.

이신의 말마따나 그의 나선회운검은 단순히 검만을 회전시켜서 얻은 관통력이 다가 아니었다.

바로 검에 실리는 경력까지 동시에 회전시켜서 상대의 몸을 관통하는 것은 물론이거니와 무형의 경력으로 혈맥까지 갈기

갈기 찢어버리는 게 나선회운검의 숨겨진 정수이자 진정한 무서움이었다.

하지만 그럼 뭐하겠는가?

정작 앞으로 나가기는커녕 한낱 머리띠조차 꿰뚫지 못하는 판국이거늘.

'도대체 저자의 정체가 뭐란 말인가?'

단 한 번 목도하는 것만으로도 나선회운검을 훤히 꿰뚫어보는 이신의 귀신같은 안목에 대한 두려움과 스스로에 대한 실망감이 동시에 귀검의 양어깨를 무겁게 짓눌렀다.

안 그래도 창백한 그의 안색이 한층 더 초췌해진 것을 본 이신이 피식 웃으면서 말했다.

"아쉽군. 네가 기병의 힘을 빌리지 않고 제대로 된 스승 밑에서 그 검법을 익혔다면, 지금과는 사뭇 결과가 달랐을 텐데."

"……!"

일순 귀검의 눈이 커졌다.

이윽고 그가 뭔가 말하려는 듯 입술을 달싹였지만, 그전에 먼저 이신의 머리띠가 한차례 꿈틀거렸다.

파팡—! 파파파파팡—!

"크윽!"

"으음!"

연달아 공기가 터져 나가는 소음과 함께 여섯 개의 신음성이 귀검의 등 뒤에서 들려왔다.

귀검이 고개를 뒤로 돌리자 그를 제외한 나머지 금와칠객이 바닥에 쓰러져 있는 게 보였다.

이를 본 귀검은 깨달았다.

그들은 이신이 자신과 대치하고 있는 틈을 타서 몰래 기습하려고 한 것이었다.

앞서 견식한 이신의 실력으로 봤을 때, 일대일로는 도저히 가망이 없어보였으니까.

물론 시도하기도 전에 이신에게 바로 들통 나고 말았다는 게 함정이었지만 말이다.

'어리석은 자들.'

조금만 더 생각해 봤어도 이신을 상대로는 그들의 합공이 무의미하다는 것쯤은 알 수 있었을 텐데. 아니, 어쩌면 이미 그들도 알고 있었을지도 모른다.

다만 알면서도 금와칠객이라는 허명에 얽매여서 차마 그 사실을 인정할 수 없기에 스스로를 속였다는 게 보다 정확한 표현이리라.

이렇듯 자신들보다 고수인 금와칠객이 맥없이 당하는 모습에 같이 공격하려고 준비 중이던 금와방의 무인들은 흠칫하면서 뒤로 물러섰다.

이신은 쓰러진 여섯 명의 금와칠객을 싸늘한 눈빛으로 내려다보면서 말했다.

"멍청한 주인을 섬기는 놈들답게 머리가 나쁘군. 내가 네놈들 따위의 움직임도 간파 못 할 줄 알았나?"

"제길, 괴물 같은 놈……!"

금와칠객 중 가장 성질이 괄괄하고 폭급한 편인 진천권(振天拳) 우금이 분하다는 듯 커다란 주먹을 움켜쥐었다.

반면 가장 이성적인 성격의 탄금수사 관철림은 이해할 수 없다는 얼굴로 이신을 바라봤다.

'왜, 왜지? 저 정도의 고수가 어째서 이런 중소방파에?'

제아무리 금와방주가 특별히 초빙할 정도로 실력이 뛰어난 금와칠객이라고 하지만, 그것은 어디까지나 무한 내에서만 놓고 봤을 때의 기준이었다.

중원 전역으로 보자면 금와칠객 정도의 고수는 흔히 찾아볼 수 있는 수준이었다.

하지만 눈앞의 이신은 달랐다.

그는 격이 다르다는 것을 몸소 증명했고, 심지어 그게 자신의 전부가 아니라는 느낌마저 은연중에 풍겼다.

자신들처럼 정마대전의 폐해로 다수의 전력을 상실한 명문대파들이 내부를 정비하는 틈을 타서 제 세상인 양 설쳐대는 여우나 늑대 따위가 아니었다.

오히려 홀로 고고하게 산중을 호령하는 호랑이 그 자체랄까.

그런 자가 고작해야 신흥방파에 불과한 이곳 금와방에 나타나서 왜 이 난리를 치는 거란 말인가?

'잠깐, 혹시 저자가?'

관철림은 문득 자신이 진맥했던 금와방주의 막내아들, 능위군을 떠올렸다.

분명 그는 관철림이 아는 그 어떤 해혈법으로도 풀리지 않는 기상천외한 점혈법에 걸려 있는 상태였다.

곧이어 자신의 제안에 금와방주가 외당의 무사들더러 자신의 아들을 점혈한 자를 찾아오라고 명한 것까지 떠올리는 순간, 관철림은 자신의 이마를 매만졌다.

'아아아! 이 일을 어찌 한단 말인가?'

알고 보니 이신을 이곳으로 불러들인 것은 다른 사람도 아닌 관철림 그 자신이었다.

그 사실을 깨닫고 그의 표정이 얼어붙는 순간, 일단의 무리와 함께 장내에 뒤늦게 도착한 이가 있었다.

"이게 무슨 일이냐!"

그는 바로 금와방주 능치산이었다.

능치산은 어릴 적에 자신의 부친이 유가장의 가주나 총관 앞에서 고개 숙이는 것을 몹시 싫어했다.

엄연히 부친은 유가장을 떠나서 개인적으로 사업을 벌여도 충분히 성공할 만한 능력과 인맥이 있었다.

그럼에도 바보같이 선대의 유지나 의리니 하는 것에 얽매여서 계속 유가장 밑에서 포목점 사업 따위나 총괄하는 게 매우 못마땅했다.

해서 그는 자신의 밑에서 가업을 물려받기를 바라는 부친의 설득에도 불구하고 무당파의 속가제자로 들어갔다.

그리고 그곳에서 의외의 두각을 드러낸 그는 속가제자임에도 무당파를 대표하는 검법 중 하나인 유운검법(柔雲劍法)을 배울 수 있었고, 하산할 무렵에는 따로 본산으로부터 사업 부문에 관련한 지원까지 약속받았다.

당시 무당파 쪽에서는 무한으로의 진출을 진지하게 고려하고 있었고, 그 교두보로서의 역할을 능치산에게 맡긴 것이다.

그는 무한의 토박이인 데다 때마침 집안도 상단이었기에 그 역할을 맡기에는 적임자라는 게 이유였다.

기적 같은 행운의 연속.

그때 그는 결심했다.

이참에 그 머저리 같은 유가장으로부터 독립해서 자신만의 문파를 세우겠다고.

그런 원대한 포부 아래 세월이 흘렀고, 마침내 그가 세운 금와방은 무한에서 거의 적수를 찾아보기 어려운 신흥방파로 거듭났다.

이제 남은 것은 유가장을 자신의 세력하에 고스란히 흡수하는 일뿐이었다.

굳이 유가장을 흡수하려는 것은 과거에 대한 청산이라는

의미도 있었지만, 무엇보다 신흥방파라면 태생적으로 안고 갈 수밖에 없는 정통성의 부족이라는 약점을 극복하려는 목적이 가장 컸다.

비록 껍데기만 남아 있긴 하지만, 그래도 유가장은 무한 땅에서만 무려 백여 년 이상 이어져 내려온 전통 있는 무가였다.

그 역사와 이름값은 결코 무시할 수 없었고, 하루아침에 얻을 수 있는 것도 아니었다.

때문에 능치산은 어떻게든 그것을 자신의 것으로 만들고 싶었다.

그렇게만 된다면 금와방은 훨씬 더 넓은 세상으로 나아갈 수 있을뿐더러 무당파에서의 지원도 지금과는 감히 비교를 불허할 정도로 규모가 달라질 터였다.

이를테면 현재 무당파의 전폭적인 지원 아래 무림 전역에서 이름을 떨치고 있는 진무표국(眞武鏢局)처럼 말이다.

한데 간단한 줄로만 알았던 유가장과의 정략혼인이 의외로 당사자의 단호한 거절로 인해서 지지부진해졌다.

이에 내심 초조함을 느낀 능치산은 나름대로 강수를 뒀건만, 어찌 된 일인지 막내아들 능위군이 그만 반신불수의 몸이 되어 돌아왔다.

정상적인 부모라면 이런 사태 앞에 이성을 유지할 수 있을 리 만무할 터.

더군다나 아들인 능위군이 당한 이상, 더 이상 이 문제는 단순히 무당파의 지원을 받고 말고의 문제가 아니었다.

금와방의 체면, 그리고 자존심이 걸린 문제로까지 발전한 것이었다.

이에 능치산은 두말할 것 없이 능위군을 건드린 자를 잡아들이라고 했지만, 그만 한 가지 사실을 간과하고 말았다.

세상에는 결코 건드리면 안 되는 자가 있다는 사실을.

'이게… 어찌 된 일이란 말인가?'

장내에 도착한 능치산은 차마 자신의 눈을 믿을 수 없었다.

기껏 비싼 돈을 들여서 초빙한 금와칠객 중 무려 여섯이 한꺼번에 당하다니.

그나마 제 발로 서 있는 귀검조차 이미 전의를 상실한 듯 자신의 애검을 바닥에 늘어뜨리고 있었다.

이윽고 바닥에 널브러진 자들 중 유독 처참한 몰골을 한 외당주가 눈에 들어왔다.

거기에 탄금수사 관철림의 얼어붙은 표정까지 보는 순간, 능치산은 대강의 상황 파악을 마쳤다.

그래도 혹시 모르기에 짐짓 위압적인 음성으로 물었다.

"누구기에 이 야밤에 행패를 부리는 것이냐?"

능치산의 물음에 이신은 차가운 조소를 머금으면서 말했다.

"당신이 그토록 애타게 찾던 사람."

'이런, 빌어먹을!'

능치산은 단번에 이신의 말을 알아들었다.

설마 자신의 아들의 혈맥을 점혈한 이가 이 정도의 고수였을 줄이야.

화경급 고수가 아니면 강제로 풀 수 없는 점혈법이라는 말을 들었을 때, 좀 더 의심해 봤어야 했거늘.

뒤늦은 후회가 물밀 듯 밀려왔지만 이미 엎어진 그릇이었다.

능치산은 한차례 한숨을 내쉰 뒤 말했다.

"후우, 지금 돌아간다면 오늘 밤의 일은 모두 불문에 그치겠네. 덤으로 사과의 표시로 자네에게 은자 천 냥을 지불할 의향도 있네."

실로 파격적인 제안이었다.

은자 천 냥이라면 결코 적은 돈이 아니었고, 뭣보다 이번 일을 불문에 붙인다는 것 자체가 금와방 측에서 한수 접어준다는 의미였으니까.

하지만 이어지는 이신의 대답은 능치산의 예상에서 한참 벗어났다.

"내가 왜 당신과 거래를 해야 하지?"

"뭣?"

"뭔가 크게 착각하고 있군. 내가 오늘 이곳에 온 이유는 그쪽이 먼저 나를 건드리고 말고의 문제 때문이 아니야. 바로……"

말끝을 흐림과 동시에 돌연 이신의 눈빛이 스산해졌다.

이에 능치산의 온몸에 소름이 돋았고, 등 뒤로 비 오듯 식은땀이 흘러내리기 시작했다.

'무, 무슨 놈의 눈빛이……!'

이제껏 맛본 적이 없는 공포와 위압감에 능치산은 당황했고, 그러는 사이 이신은 마저 말을 이었다.

"지금껏 길러준 주인의 은혜도 몰라보고, 심지어 짖어대기까지 하는 미친 개새끼를 때려잡으러 온 거니까."

"……!"

"사람은 개새끼와 거래하지 않아. 안 그래?"

"…이 새끼가!"

발작과 같은 외침과 함께 능치산은 허리춤에 차고 있던 장검을 뽑아 들었다.

무당파 제자의 상징, 송문고검의 청아한 검신이 어둠 속에서 모습을 드러냈다.

그리고 얼마 지나지 않아 희미한 청색의 광채가 검신에 어리기 시작했다.

그걸 본 장내의 모든 이들이 탄성을 내질렀다.

"오옷!"

"저게 바로 검기……!"

능치산이 검기발현의 고수라는 세간의 소문이 현실이라는 것이 드러나는 순간이었다.

그와 동시에 능치산의 얼굴에서 식은땀이 주르륵 흘러내렸다.

검기발현이란 말 그대로 검기를 뽑아낼 수 있을 뿐, 그걸 자유자재로 다룰 수 있는 수준이 아니었다.

그 증거로 지금도 능치산의 단전에서는 내력이 시시각각 고갈되어 갔고, 그만큼 빨리 지쳐 갔다.

하지만, 그런 수고를 감수해도 좋을 만큼 주변에서는 열화와 같은 반응을 보였다.

그건 거꾸로 말하자면 적에게는 그 어떤 위협보다 효과적으로 작용할 거라는 뜻도 되었다.

'자, 그럼 저 건방진 놈이 어떤 표정을 짓고 있는지 한번 볼까?'

의기양양하게 이신을 바라보는 능치산, 하지만 정작 마주한 이신의 표정은 의외로 심드렁했다.

'뭐, 뭐지?'

아무리 고수라고 해도 검기 앞에서는 어느 정도 긴장하게 마련이거늘.

의아함도 잠시, 능치산은 곧바로 유운검법의 검초를 연달아 펼쳤다.

무당파 고유의 유장하면서도 면면부절하게 이어지는 검초의 향연은 마치 구름이 부드럽게 흐르는 듯한 눈의 착각을 불러일으켰다.

거기에 검기까지 더해지자 그 위세는 가히 보는 이로 하여금 절로 위축되게 만들었다.

쏟아지는 청색의 검광 앞에 묵묵히 서 있는 이신의 모습도 그와 다를 바 없었다.

그의 오른손에 들린 머리띠가 돌연 빳빳하게 일어나기 전까지는 말이다.

채챙! 채채챙!

당장이라도 이신의 몸을 저밀 것 같던 청색의 검광이 이신이 휘두르는 머리띠에 맥없이 튕겨져 나갔다.

놀라운 것은 검기와 부딪쳤음에도 이신의 머리띠가 멀쩡하다는 사실이었다.

"시, 신병이기?"

믿을 수 없다는 능치산의 물음에 이신은 싸늘하게 웃으면서 말했다.

"실력이지."

"마, 말도 안 돼!"

신병이기가 아니라면 제아무리 내공을 불어넣었다고 해도 한낱 천 쪼가리 따위가 검기와 부딪치고도 무사하다는 건 말이 안 되는 일이었다.

그것이 의미하는 바는 오직 하나뿐이었다.

'검기!'

검기와 부딪치고도 무사한 것은 오로지 같은 검기뿐이었다.

하지만 암만 봐도 이신의 머리띠에는 검기 특유의 광채는 보이지 않았다.

그 말은 이신이 자신의 검기와 부딪칠 때만 순간적으로 머리띠에다 검기를 둘렀다는 소리인데… 능추산은 이내 자신의 추측을 부정했다.

그도 그럴 게 그건 검기의 수발이 숨 쉬는 것처럼 자연스러운 이기상인(以氣傷人)의 경지에 이르렀을 때만 비로소 가능한 기예였기 때문이다.

그만한 경지는 무림에서 손꼽히는 대문파, 이를테면 무당파의 일대제자급에서도 찾아보기 어려웠다.

'분명 신병이기다. 아니면 사술이던지.'

그렇게 애써 현실을 부정하면서 능치산은 계속 검을 휘둘렀지만, 점점 그의 안색은 초췌해져 갔다.

초장에 이신을 제압하고자 무리하게 검기를 사용했는데, 그로 인한 내력 소모가 만만치 않은 것이다.

"헉, 헉, 헉……!"

덩달아 숨소리도 거칠어져 갔고, 당장이라도 쓰러질 듯한 그의 모습에 이신이 중얼거렸다.

"슬슬 끝이 보이는군."

"헉! 누, 누구, 마음대로……!"

애써 강한 척했지만, 누구보다 능치산 스스로가 가장 잘 알았다.

이제 정말 한계에 도달했다는 사실을.

결국 그는 더 늦기 전에 승부수를 던지기로 했다.

"흐아아아아아아압!!"

느닷없이 능치산의 입에서 터져 나오는 기합성과 함께 그의 검에 어린 청색의 광채가 더욱 선명해지기 시작했다.

한층 더 예리하고 강력해진 검기를 머금은 채로 능치산은 유운검법의 절초, 유운도봉(柔雲到峰)을 펼쳤다.

그러자 층층이 겹쳐지던 푸른 검광의 무리가 일제히 해일로 화해서 이신을 덮쳤다.

지켜보던 이들의 입이 쩍 벌어졌다.

하지만 단 한 사람, 이신만은 나지막한 음성과 함께 고개를 내저었다.

"실수했군."

거듭되는 내력소모로 인해서 승부를 서두르려는 능치산의 마음은 십분 이해가 갔다.

하지만 그런 조급함은 결정적인 실수를 낳고 말았다.

능치산이 뽑아내는 검기는 아까보다 훨씬 강력해졌지만, 그에 반비례해서 그의 검법의 정교함이나 움직임 등에는 허점이 많아졌다.

거기다 저 정도의 검기를 뽑으려면 가진 바의 내력을 모두 쏟아 부었을 터.

만약 이대로 이신이 검기를 피하기라도 한다면, 그는 단번에 무방비 상태가 되고 만다.

'물론 그렇게 끝낼 수는 없지.'

이신은 결코 그렇게 쉽게 능치산을 쓰러뜨릴 생각이 없었다.

보다 압도적이면서 절망적인 패배를 안겨주는 게 그의 목적이었으니까.

다시는 주인을 배신할 마음이 들지 않도록 말이다.

화르르륵—

그 순간, 이신의 머리띠가 백열의 불길에 휩싸였다. 그러더니 불꽃은 이내 선명한 백색의 검기로 화했다.

누가 봐도 능치산의 검기보다 훨씬 선명하고 안정적인 형태였다. 거기다 단순히 검신을 뒤덮는 수준이 아니라 무려 세 치 이상이나 위로 치솟아 있었다.

그걸 본 능치산의 얼굴이 핼쑥해졌다.

"그건······!"

"잘 보고 느끼도록. 이것이 바로 진짜······."

이신은 바로 앞까지 당도한 청광의 해일을 바라보면서 마저 말을 이었다.

"검기니까."

"······!"

쩌저저정—!

천지를 진동시키는 벽력음과 함께 청광의 해일 사이를 백색의 검기가 갈랐다.

백색의 검기는 순식간에 능치산의 검기를 반으로 가른 것도 모자라서 그대로 능치산을 향해 날아갔다.

이에 황급히 남은 내력을 모조리 끌어다가 검기를 펼친 능치산이었으나, 누가 봐도 역부족이었다.

콰광!

이윽고 고막이 터질 것 같은 굉음과 함께 청색의 검기에 둘러싸여 있던 송문고검이 그대로 산산조각이 났다.

사방으로 튀는 파편 중 일부를 스쳐 맞은 듯 능치산의 몸은 금세 피투성이가 됐고, 그의 손바닥은 걸레 조각처럼 흉측하게 찢겨져 나갔다.

"크윽……!"

신음성을 토해내면서 무릎을 꿇은 능치산 앞에 이신이 우뚝 섰다.

그를 올려다보는 능치산의 얼굴에는 절망감이 가득했다.

"괴, 괴물 같은 놈……."

치를 떨면서 저도 모르게 내뱉은 능치산의 말에 이신은 어깨를 으쓱했다.

"그런 말 자주 들었지."

"…도대체 넌 누구냐?"

줄곧 장내 모두의 뇌리에서 떠나지 않았던 물음을 능치산이 대신했다.

그러자 이신은 태연하게 말했다.

"주인을 대신해서 배은망덕한 개새끼를 혼내주러 온 놈이지."

천연덕스러운 그의 대답에 능치산은 콧방귀를 꼈다.

"흥! 아, 아무래도 상관없지. 그, 그보다 내, 내 뒤에는 무당파가 있다……. 뒤, 뒷감당할 자신이… 이, 있는 거냐?"

능치산의 물음에 이신은 답했다.

"이미 내친걸음이야. 거기다……."

전에 자신이 몸담았던 마교에 비하면 무당파쯤이야 우습다는 말이 목구멍에 탁 걸렸다가 도로 내려갔다.

굳이 그 말까지 능치산에게 할 필요는 없다고 느낀 것이다.

대신 이신은 다른 말로 이어지는 말을 대체했다.

"걸어오는 싸움은 마다하지 않는 주의거든."

"어리… 석은, 놈……."

아까 전부터 점점 말끝이 흐려지더니 능치산은 끝내 혼절하고 말았다.

무리하게 검기를 펼친 대가가 뒤늦게 찾아온 것이다.

그리고 다음 날 아침, 충격적인 발표 하나가 무한 땅을 뒤흔들었다.

第五章
재회(再會)

"너지?"

아침 댓바람부터 이신이 묵고 있는 객잔까지 찾아와서 장대호가 다짜고짜 내뱉은 한마디였다.

"뭐가?"

이신이 무슨 소리인지 모르겠다는 얼굴로 반문했으나, 장대호의 확신에 찬 표정은 흔들리지 않았다.

"시치미 떼지 마. 금와방이 소유하고 있던 포목 관련 사업체, 그거 하루아침에 정리하도록 만든 거. 네가 한 짓 맞지?"

금와방 소유의 사업체 중에서 가장 알짜배기는 누가 뭐래도 포목 사업이었다.

그도 그럴 게 고가의 비단을 거래하는 일이다 보니 현금이 오가는 액수 자체가 다른 사업체보다 최소 한 자리는 더 많았으니까.

한데 이제 와서 그걸 정리한다?

금와방주가 미치지 않은 한, 절대 자발적으로 그리 했을 리 만무하다.

덕분에 무한 내에서는 이번 일을 놓고 갖가지 추정이 끊이질 않았지만, 막상 제대로 된 내막을 아는 자는 아무도 없었다.

금와방주 본인과 이번 일을 꾸민 장본인을 제외한다면 말이다.

'틀림없어. 소악귀, 이놈이 분명 간밤에 뭔 짓을 저지른 거야!'

암만 봐도 과거 염라방 해산 때와 돌아가는 양상이 유사한 터라 더더욱 의심하지 않을 수 없었다.

장대호의 추궁에 이신은 피식 웃으면서 말했다.

"생사람 그만 잡고 해장이나 하러 가자."

"해장? 지금이 한가하게 해장 타령할 때야? 염라방 때와는 상황이 달라. 금와방 뒤에 누가 있는지 모르는 거 아니잖아?"

무한 저잣거리의 사람 중 누굴 붙잡고 물어봐도 안다.

금와방의 뒤에 다름 아닌 무당파가 떡하니 버티고 있다는 사실을.

무한, 아니 더 나아가 호북 전역에서 무당파의 위명은 가히 절대적이다 못해 신적인 수준이었다.

오죽하면 기존 무한의 기득권층이 신흥방파인 금와방의 성장을 묵과하다시피 했겠는가.

그런 금와방을 건드렸으니 이신과 무당파가 서로 얽히는 것은 이제 시간 문제였다.

그런 중대한 사태 속에서도 한가로이 해장 타령이나 하고 있다니. 답답한 마음을 고스란히 드러내던 장대호는 이내 객방 안을 둘러봤다.

그러더니 이신의 봇짐을 냉큼 집어 들면서 말했다.

"당장 무한을 떠나라, 소악귀. 다행히 네 정체에 대해서 아는 건 나랑 스승님, 그리고 유가장의 애송이 정도니까 우리만 입 다물면……."

최소한 이신이 도망쳐서 잠적할 시간 정도는 벌 수 있을 것이다.

하지만 그 말을 채 내뱉기도 전에 이신이 먼저 입을 열었다.

"다물면? 장 숙부랑 너희가 무사하리라는 보장은 어디 있지?"

"그거야……."

이신의 직설적인 반문에 장대호는 아까와 달리 쉬이 말을 잇지 못했다.

무당파에서 이번 일을 알게 되면 결단코 쉬이 넘어가지 않을 것이다.

그건 달리 말해서 탐문조사 역시 여느 때보다 철저히 할 거란 소리였다.

아무리 굳은 의지로 입을 다물어도 매 앞에서는 장사가 없다는 걸 장대호는 잘 안다.

하물며 그게 뒷골목 파락호도 아니고 자그마치 무당의 고수들이라면 장대호 등의 입을 여는 것쯤이야 손바닥 뒤집는 것처럼 쉬우리라.

이신이 말했다.

"네가 걱정하는 게 뭔지 잘 알고 있다, 소호. 하지만 네가 하나 간과하는 게 있어."

"내가 간과하는 거?"

자신이 뭘 간과했다는 걸까?

장대호의 의아한 표정에 아랑곳없이 이신은 의미심장한 미소를 머금었다.

"포목 관련 사업체가 금와방의 주 수입원인 건 사실이지. 하지만 동시에 잊어선 곤란해. 어디까지나 그들은 대리인에 불과하다는 사실을."

"대리인? 서, 설마……!"

장대호의 눈이 커졌다.

왕년에 여우 소리를 들을 만큼 잔머리와 눈치 하나는 알아주는 그다.

당연히 이신이 하는 말이 무슨 뜻인지 대번에 알아들었다.

그사이, 이신은 창밖으로 시선을 던졌다. 그러자 구름 한 점 없이 화창한 하늘이 그의 눈에 들어왔다.

"지금쯤 시작하고 있겠군."

이신은 뜻 모를 말을 중얼거렸다.

＊   ＊   ＊

"…그러니까 귀방의 포목점 관련 사업체에 관한 소유권을 일절 본가한테 양도하겠다 이 말인가?"

한눈에 봐도 병색이 완연한 중년인의 물음에 맞은편에 앉은 염소수염의 사내가 말했다.

"정확히는 그간 저희가 대리인 자격으로 가지고 있던 것을 본래 주인이었던 귀가에 되돌려 드린다는 게 맞는 표현이지요. 여기 받으십시오."

"으음."

중년인, 유가장의 가주 유정검은 이해할 수 없다는 얼굴로 염소수염의 사내, 금와방의 총관이 건넨 서류 뭉치를 받아들었다.

내용을 살펴보니 토지 소유권과 해당 토지에 지어진 상가들에 관한 권리를 양도한다는 내용이 써져 있는 정식 서류였다.

그걸 하나하나 꼼꼼히 살펴보고 나서야 유정검은 비로소 금와방의 총관을 똑바로 바라봤다.

'도대체 무슨 속셈이지?'

팔 년 전, 갑자기 유가장으로부터의 독립을 선언한 금와방은 그와 동시에 자신들이 대신 관리하고 있던 유가장의 포목 관련 사업체에 관한 권리를 넘봤다.

수십 년 가까이 자신들이 유가장 대신 관리해 왔고, 뭣보다 아직 소가주인 유지광의 나이가 어리므로 단독으로 사업체를 관리할 능력이 떨어지니 그가 성년이 되어서 가주직을 잇기 전까지는 자신들이 계속 관리하겠다는 게 그들의 주장이었다.

그에 대한 조건으로 수입의 일 할가량을 매달 주겠다고 했지만, 그건 기존의 칠 할에 비하면 완전 도둑놈 심보가 따로 없었다.

당연히 유가장 쪽에서도 절대 그럴 수 없다고 했지만, 당시 총관의 강력한 주장과 설득으로 인해서 어쩔 수 없이 그 말도 안 되는 조건을 수락하고 말았다.

최근에야 알게 된 사실이지만, 알고 보니 그는 금와방 측에 포섭된 상태였다.

물론 그 사실을 알게 된 것은 지극히 최근의 일이었고, 그것도 그가 유가장의 금고 안에 있는 재화를 모두 가지고 야반도주한 다음에야 밝혀진 사실이었다.

지금 유가장 쪽에선 전력을 다해서 총관을 추적 중이었지만, 작정하고 잠적한 그를 찾기란 쉽지 않았다.

거기다 갖은 악재로 유가장의 자금 사정이 썩 그리 좋은 편이 아니다보니 따로 하오문이나 개방 같은 정보단체에다 의뢰를 넣기도 어려웠다.

그렇다고 그를 사주한 금와방을 정식으로 관에 고발하려고 해도 막상 뚜렷한 물증이 하나도 없다는 게 문제였다.

그야말로 유가장 혼자서만 독박을 뒤집어 쓴 꼴이었다.

그런 와중에 갑자기 금와방 쪽에서 제 발로 찾아와서 억지로 빼앗아간 포목 관련 사업체를 자신들에게 도로 돌려준다?

거기다 단순한 빈말이 아닌 듯 금와방 총관의 뒤에는 웬 문사 하나가 서 있었다.

그는 다름 아닌 무림맹에서 파견된 자로 이번 일의 공증인 자격으로 이 자리에 참석한 것이었다.

그 말은 즉 무림맹이 정식으로 이번일의 공증을 맡기로 했다는 의미기도 했다.

도대체 이걸 어찌 받아들여야 할지 유정검은 도통 판단키 어려웠다.

'혹시……?'

문득 유정검은 최근 금와방 측에서 유가장의 의사와 상관없이 강제로 추진 중인 정략혼인을 떠올렸다.

그리고 이번 일과 그것을 연결시키자 곧 하나의 가정이 그의 머릿속에 떠올랐다.

그는 곧 엄중한 얼굴로 금와방의 총관을 바라봤다.

"설마 귀방의 방주께서는 이걸 빌미로 그쪽 대공자와 우리 화아와의 혼약을 밀어붙이려는 속셈인 건가?"

단도직입적인 유정검의 물음에 총관은 잠시 놀란 표정을 지었으나, 이내 곧 쓴웃음을 머금었다.

"그럴 리가요. 인륜지대사인 혼약을 어찌 조건을 따져 가면서 진행할 수 있겠습니까? 더군다나 이미 본 방에서도 그 일은 없던 일로 하기로 했으니, 너무 염려치 마십시오."

"뭣이? 없던 일로?"

유정검의 눈이 휘둥그레졌다.

얼마 전까지만 해도 반강제적인 수준으로 정략혼인을 밀어붙인 것은 다름 아닌 금와방 쪽이 아닌가?

한데 이제 와서 없던 일로 하겠다니?

앞서 포목 관련 사업체 양도 건도 그렇고, 이번 일까지 전부 유가장에게만 유리한 쪽으로 진행되고 있었다. 유독 자파의 손익에 민감한 금와방주의 평소 성정을 고려하면 절대 있을 수 없는 일.

'화아와의 혼약 말고 도대체 저쪽에서 우리에게 원하는 게 뭐란 말인가?'

아무리 생각해봐도 좀체 의문은 풀리지 않았다.

그런 와중에 금와방의 총관이 사뭇 조심스레 말을 이었다.

"해서 말입니다만……."

"……?"

유정검은 의아한 눈초리로 그를 바라봤다.

뭔가 운을 떼는 것도 그렇고, 쉬이 말을 잇지 못하는 게 어째 어려운 걸 부탁하러 온 사람 같은 태도가 아닌가?

이윽고 금와방의 총관은 말했다.

"부, 부디 이 대협께 잘 좀 말씀해 주십시오. 부탁드립니다, 가주."

"이 대협이라니?"

그건 또 누구란 말인가?

유정검이 도통 모르겠다는 눈치이자 이번에는 금와방의 총관이 의아한 눈초리로 그를 바라봤다.

"설마 모르십니까, 이신 대협을?"

'이신? 이신이라면… 아, 혹시 그 아이를 말하는 건가.'

자신의 몇 안 되는 지기 중 한 명, 정천무관의 관주 이극렬의 양아들.

그리고 십오 년 전에 무한을 떠났다는 게 유정검이 기억하는 이신에 대한 전부였다.

'설마 이 모든 일에 그 아이가 관련되어 있다는 말인가?'

너무나 뜻밖인지라 내심 반신반의할 때, 때마침 금와방의 총관이 확인 사살을 날렸다.

"사실 이번 일은 모두 이 대협께서 저희에게 지시하신 일입

니다. 물론 이번 사업체 양도에 관한 대금 역시 전부 그분께
서 지불하셨습니다."

"대, 대금까지 전부 말인가?"

유정검의 입이 쩍 벌어졌다.

포목 관련 사업체는 금와방의 알짜배기 돈줄이었다.

그걸 정식으로 인수하려면 적어도 시가로만 따져도 자그마
치 금 백 냥 이상은 넘게 들어간다.

한데 그걸 혼자서 다 계산했다니.

'도대체 십오 년 동안 그 아이에게 무슨 일이 있었단 말인
가?'

거기다 엄연히 타인에 불과한 그가 뭣 때문에 유가장을 위
해서 그만한 거금을 선뜻 지불한다는 말인가?

쨍그랑―!

그때였다.

갑자기 찻잔이 깨지는 소리가 들려왔고, 모두의 이목이 한
곳으로 쏠렸다.

그러나 정작 그들이 본 것은 어딘가를 향해서 급히 뛰어가
는 한 여인의 치마 끝자락, 그리고 그녀가 남긴 은은한 체향
뿐이었다.

       *   *   *

"뭐? 저, 정마대전에 참전했었다고? 네가?"

장대호는 해장 겸 먹고 있던 소면을 한 젓가락 뜨다 말고, 차마 믿을 수 없다는 표정으로 이신을 바라봤다.

이에 이신은 고개를 끄덕이면서 말했다.

"어쩌다 보니 참전하게 된 거야. 별로 대단한 것도 아닌데 뭐."

"허어, 미친놈……."

설마 이신이 그 지옥 같은 정마대전의 참전자 중 한 명이었을 줄이야.

그래놓고 별거 아니라는 식으로 말하는 게 내심 어이없을 따름이었다.

'듣자하니 웬만한 고수들도 한 번 참전하면 거의 살아남기 어렵다고 하던데…….'

이제야 좀 알 것 같았다.

지난날 이신이 무림맹의 무인들을 상대로도 여유롭고, 뿐만 아니라 실제로 대단한 신위를 선보일 수 있었던 이유를 말이다.

극악의 생존율을 자랑하는 정마대전에 참전하고도 용케 생환할 정도라면 필시 뭔가 한수 재간 정도는 있다고 봐야 하니까.

"그래서, 어느 쪽에 붙어서 싸웠는데? 백군? 아니면 흑군?"

동심맹, 아니 무림맹과 천사련은 마교 토벌이라는 기치 아래 가까스로 한 자리에 모이긴 했으나, 워낙 급조된 동맹이다 보니 작고 큰 마찰이 끊이질 않았다.

비록 마교보다는 낫다고는 하지만, 그래도 한데 뒤섞여 있기에는 그간 정사양도 간에 쌓여온 해묵은 감정의 골도 무시하기 어려운 수준이었으니까.

해서 동심맹의 상층부는 정파 출신은 백군(白軍), 그리고 사파 출신은 흑군(黑軍)이라는 형태로 크게 전력을 둘로 나누어서 마교와의 전쟁에 임했다.

물론 정마대전 막바지에 가서는 그런 분류가 무의미할 만큼 싸움이 치열해졌지만 말이다.

아무튼 장대호의 생각에 아무래도 이신은 흑군 출신일 듯했다.

과거 소악귀라 불리기도 했었고, 뭣보다 성정 면에서 봤을 때 그는 고리타분한 정파 나부랭이들과는 그리 안 맞아보였기 때문이다.

오히려 사파 출신이 많은 흑군 사이에 있는 게 훨씬 더 잘 어울려 보였다.

그렇다면 꽤나 재미난 무용담도 많았을 터.

그렇게 장대호가 은근 기대에 찬 눈빛으로 자신의 입만 바라보고 있자, 이신은 내심 쓴웃음을 짓지 않을 수 없었다.

'이제 와서 동심맹이 아닌 마교 쪽에 붙어서 싸웠다고 말하면 기절초풍하겠군.'

그것도 자신이 혈영사신이라고 불릴 정도로 어마어마한 활약을 했던 것까지 안다면 장대호는 이 자리서 까뒤집어지고 말 것이다.

물론 군이 그에 대해서 말할 필요는 없기에 이신은 대충 얼버무렸다.

"뭐 어디 소속이었든 간에 그게 뭐가 중요하겠어. 그 지옥 같은 곳에서 살아 돌아왔다는 것만으로도 뭐……."

자연스레 뒷말을 흐리는 이신의 얼굴에서는 왠지 모를 고단함과 씁쓸함이 느껴졌다.

단순히 얼버무리는 게 아니라 실제로 그가 지난 정마대전을 겪으면서 느꼈던 허망함과 전쟁의 참혹함 등이 말하는 와중에 불현듯 뇌리에 스치듯 떠오른 것이다.

그런 이신의 무거운 표정을 보고 있자니 장대호는 차마 그에게 더 자세한 것을 캐묻기가 어려워졌다.

덩달아 분위기도 침울해지는 듯한 느낌이 들자 서둘러 다른 화제로 말을 돌렸다.

"그, 그나저나 앞으로 뭐하고 살 거냐? 뭔가 계획해 둔 거라도 있어?"

처음엔 이신이 돌아왔다는 사실만으로도 기뻤으나, 시간이 지나자 걱정이 슬쩍 고개를 쳐들었다.

어릴 때야 아직 젊으니까 괜찮았지만, 장대호나 이신이나 이제는 엄연히 이립(而立 : 서른)을 넘긴 나이였다.

마냥 정처 없이 떠돌기보다 슬슬 한곳에 정착해서 안정적인 수입을 얻을 만한 일을 구해야 옳았다.

이를테면 장대호가 장가철방에서 본격적으로 대장장이 기술을 배우는 것처럼 말이다.

장대호의 걱정 섞인 물음에 이신은 한 치의 망설임 없이 답했다.

"계획이야 있지."

"뭔데?"

생각지도 못한 이신의 대답에 장대호가 대번에 반색하면서 물었다.

그러자 이신은 말했다.

"아버지께서 세웠던 무관, 그것과 똑같은 이름의 무관을 세울 거야."

정천무관.

이신의 양부, 이극렬이 평생을 바쳐서 이룩한 결과물이었으나, 안타깝게도 그가 지병으로 타개함과 동시에 현재는 과거의 추억이 되어버린 그곳.

그 추억 속의 공간을 이곳 무한 땅에서 다시금 재건하는 게 이신의 계획이었다.

물론 이신이 무관을 세우려는 것에는 그 외에도 또 다른 목적이 있었지만, 그것까지 장대호에게 말해줄 생각은 없었다.

'이건 어디까지나 나 혼자서 해결해야 하는 일이니까.'

한편, 이신의 말을 듣자마자 장대호는 내심 반신반의하는 표정으로 말했다.

"무관이라니. 쉽지 않을 텐데."

"왜 그렇게 생각하지?"

"지금 무한의 땅값이 얼마나 높은지는 알고 있는 거야?"

무관을 여는 것 자체는 절차상으로도 그리 어렵지 않은 일이었다.

하지만 무관을 여는 것과 그것을 계속 유지하는 것은 엄연히 별개의 문제.

뭣보다 앞으로 무관을 계속 운영할 건물과 입문한 관원들이 수련할 수 있을 만한 넓은 공간을 한꺼번에 구하기란 생각만큼 쉽지 않았다.

요 근래 무한의 땅값이나 건물 시세가 부쩍 오른 것을 감안하면 더더욱 어려웠다.

"지금 여기저기서 우리 철방 자리를 팔라고 난리야. 자랑거리는 아니지만 무려 금자 오백 냥이나 제시한 곳도 있었다고."

"금와방?"

"…허, 허음! 아, 아무튼 아버지의 뒤를 이어서 무관을 세운다는 네 생각은 물론 이해해. 하지만 현실과 이상은 달라. 차라리 나랑 함께 철방 일이라도……."

척—

장대호의 말이 채 끝나기도 전에 이신은 말없이 품에서 웬 종이 쪼가리를 꺼냈다.

얼떨결에 종이를 건네받은 장대호는 그 안의 내용을 한차례 살피는가 싶더니 이내 화들짝 놀란 얼굴로 자리에서 벌떡 일어났다.

"이, 이건······!"

장대호는 차마 믿기 어렵다는 얼굴로 이신과 종이를 번갈아 봤다.

놀랍게도 종이의 정체는 무한의 비어 있는 장원 하나를 오늘 부로 매매한다는 내용의 문서였다.

그리고 장원의 소유주는 다름 아닌 이신이었다.

"대, 대체 어느 틈에······."

그야 간밤에 금와방을 한바탕 뒤집고 나서 포목 관련 사업체의 대금을 치를 때 덤으로 함께 구입한 것이었지만, 그 사실을 장대호가 알 턱이 없었다.

아무튼 이신이 명확한 계획을 세우고, 그에 대한 단계를 하나하나 착실히 밟아 나가고 있음은 확실했다.

이를 통해서 장대호는 앞서 이신의 앞날에 대한 자신의 걱정이 괜한 오지랖이었음을 깨달았다.

'에고, 나도 모르게 꼰대 짓을 하고 말았군.'

어릴 때는 그렇게도 옆에서 잔소리해대는 어른들이 싫었거늘, 이제는 어느덧 자신이 그 어른들과 똑같은 짓을 자행하고 있었다니.

'나도 나이를 먹긴 먹은 모양이야.'

그렇게 장대호가 세월의 흐름을 새삼 실감하면서 자신의 섣부른 행동에 대해서 반성하고 있을 때, 이신이 문득 그의 어깨를 툭 쳤다.

"아무튼 고맙다. 너 살기도 바쁠 텐데, 내 걱정까지 다 해주다니. 역시 친구가 좋긴 좋아."

"어, 어? 어……."

자신을 치켜세워 주는 이신의 말에 장대호는 일순 당황했지만, 곧 그에게 고마움을 느꼈다.

이신의 말이 일종의 배려라는 것을 깨달은 것이다.

'소악귀, 너도 참 많이 변했구나.'

물론 예나 지금이나 자신의 동료를 아끼는 이신의 마음은 변함없었지만, 대신 그때는 이런 식으로 세심한 부분까지 챙겨주는 정도까지는 아니었다.

그런 그의 변화는 무작정 성격이 확 바뀌었다기보다는 유충이 몇 차례 허물을 벗고 성충이 되듯이 사람 그 자체가 한결 성숙해졌다는 느낌에 가까웠다.

이신 역시도 장대호가 이전과 달라졌음을 느꼈다.

'그 세상 무서운 줄 모르고 날뛰던 소호가 지금은 남 걱정을 한다라……. 재미있군.'

덕분에 이신은 기억 속의 소녀, 유세화 역시도 과거와 많이 달라졌을지도 모른다는 생각이 얼핏 들었다.

너무나 당연하지만, 지금껏 한 번도 해보지 않은 생각.

'어떻게 변했을까?'

이참에 한 번 눈을 감고 천천히 상상을 해봤다.

일단 머리는 예전처럼 흑단처럼 곱고 길 것이다. 자신이 그에 대해서 몇 차례 칭찬한 바가 있었으니까.

그와 비슷한 이유로 피부 역시 백옥처럼 고울 것이며, 입이 짧고 무가의 여식이다 보니 몸매는 버들잎처럼 가늘고 늘씬할 것이다.

그리고 옷은 깔끔한 것을 좋아하는 성격상 백의를 고집할 터이다.

그다음은 키.

당시 유세화는 이신의 가슴팍 정도까지 왔었는데, 여자치고는 꽤나 장신이었다.

그러니 십오 년이 흐른 지금은 무려 육척하고 반에 달하는 이신과 견주어도 그리 왜소하다는 느낌은 들지 않을 것이다.

그렇게 상상을 더해질수록 성장한 유세화의 모습은 더욱 구체화되었고, 마지막으로 이신은 유세화 특유의 체향을 떠올렸다.

은은하면서도 달콤한 것이 마치 봄날의 화원을 연상케 한 그 꽃 냄새.

'그래, 마치 햇볕에 잘 말린 제비꽃 향기 같은… 응?'

순간 이신의 미간이 찡그려졌다.

바람결을 통해서 흘러들어 와 그의 후각을 미세하게 자극하는 향기.

우연인지 아닌지 모르겠으나, 그것은 분명 제비꽃 향이었다.

'아직 봄도 아닌데?'

의아하다는 생각과 함께 이신을 감고 있던 눈을 천천히 떴다.

그러자 그의 눈앞에는 좀 전까지 그가 상상한 유세화의 모습을 고스란히 옮겨놓은 듯한 백의 여인이 버젓이 서 있었다.

한 가지 상상과 다른 게 있다면, 그녀는 무척이나 화난 얼굴을 하고 있다는 것이었다.

"…화매?"

이신이 멍한 얼굴로 그녀를 바라보며 말했다.

그러자 백의 여인, 유세화는 천천히 이신에게로 다가갔다.

사뿐사뿐 우아한 걸음걸이로 이신과의 거리를 좁히는 것도 잠시, 이내 서로의 숨소리가 들릴 정도로 가까워졌다.

이윽고 이신이 막 입을 열려고 하는 찰나,

짜악―!

그의 고개가 사정없이 옆으로 돌아갔다.

"헉!"

갑작스런 백의미녀의 등장에 넋이 나가는 것도 잠시, 그녀가 이윽고 친구 이신의 뺨을 냅다 갈기는 모습에 장대호는 그만 탄성을 내질렀다.

'아니, 도대체 둘이 무슨 사이기에?'

그보다 이신은 어느 틈에 저만한 미녀와 인연을 맺었단 말인가?

온갖 상념과 의문이 장대호의 뇌리에 난무했지만, 싸늘한 장내의 분위기에 차마 입을 열지는 못했다.

한편, 이신의 뺨을 때린 백의미녀, 유가장의 장녀 유세화는 말없이 이신을 노려봤다.

그 모습조차 아름답다는 생각이 들었지만, 정작 그녀의 시선을 한 몸에 받고 있는 이신 본인은 죽을 맛이었다.

'돌아버리겠군.'

갑작스러운 유세화의 손찌검에 이신은 자동으로 발동하려는 호신강기를 가까스로 억눌렀다.

안 그랬으면 유세화의 손이 호신강기의 반탄력에 의해서 그대로 박살나고 말았을 테니까.

어쨌든 그거야 둘째 치고, 이신은 난감하기 짝이 없었다.

실로 간만에 재회한 연인인 그에게 유세화는 어찌 이리도 낯선 반응을 보인단 말인가?

분명 이유가 있긴 할 텐데, 이신은 도통 영문을 알 수 없었다.

그러자 때마침 그의 의문을 풀어주듯 싸늘한 음성이 들려왔다.

"가가의 눈에는 본가가 그리도 우습게 보였나요?"

"화매, 그게 무슨……?"

유세화의 가문인 유가장을 우습게 여기다니. 어찌 자신이 그럴 수 있단 말인가?

이신이 뭐라 대꾸하려는 찰나, 유세화의 말이 속사포처럼 이어졌다.

"금와방과의 일은 엄연히 본가에서 해결해야 할 문제였어요. 그게 순리고, 그래야 마땅해요. 한데 어찌 가가께서는 그리 무턱대고 손을 쓸 수 있는 거죠? 하다못해 그전에 저와 만나서 상의할 수도 있는 문제였잖아요. 안 그래요? 대답 좀 해보세요."

"……"

유세화의 연이은 추궁에 이신은 입을 다물었다.

그녀의 말마따나 이번 일은 충분히 사전에 상의하고 벌일 수 있는 문제였다.

어쩌면 이신이 모습을 드러내지 않은 채 유가장에 도움을 줄 수도 있었을 것이다.

그편이 훨씬 더 뒤탈이 없을 것은 두말할 것도 없을 것이고.

하지만 그전에 먼저 금와방이 유세화를 한낱 정략혼인의 도구쯤으로 여기고, 심지어 동생 유지광을 강제로 납치하여 협박하려는 모습까지 보고 말았다.

이에 대한 이신의 분노는 겉으로 보이는 것 이상으로 뜨겁고 격렬했다.

때문에 그는 간밤에 금와방을 찾아가서 모조리 다 뒤집어 엎어버린 것이다.

그런 그의 행동에 뒷일을 생각하고 자시고는 없었다.

오로지 순수한 분노와 폭력만이 존재할 따름이었다.

한데 딴에는 유세화를 위한다고 한 그의 행동이 설마 결과적으로 그녀와 유가장을 무시하는 꼴이 되고 말 줄이야.

미처 생각지 못한 부분이요, 엄연한 실수였다.

이신은 곧바로 고개를 숙였다.

"미안해, 화매."

"뭐가 죄송하다는 거죠?"

"응?"

그러나 그의 진심 어린 사과에도 유세화의 태도는 한겨울의 북풍처럼 싸늘하기 그지없었다.

오히려 뭐가 미안하냐는 그녀의 반문에 이신의 말문이 막히고 말았다.

"대답해요. 뭐가 죄송하다는 거죠?"

"그게, 으음……"

뭔가 도중에 끊으려야 끊을 수 없는 악순환의 고리 속에 갇힌 듯한 느낌에 이신의 얼굴에서는 연신 식은땀이 흘러내렸다.

한편 장대호는 눈앞의 두 사람을 신기하다는 눈빛으로 번갈아 쳐다봤다.

'허, 천하의 소악귀를 저리 쩔쩔매게 만드는 사람이 다 있다니.'

이신은 쉽게 남과 다투진 않지만, 대신 한 번 싸움이 벌어지면 설령 그게 사소한 말다툼일지라도 쉽사리 지려고 하지 않았다.

아니, 철저하게 이기려고 들었다.

오죽하면 독한 놈이 널린 흑도 패거리들 사이에서 소악귀라고 불릴 정도였겠는가?

그런 이신의 성정을 고려하면 쉬이 믿기 어려운 모습이었다. 만약 이런 이신의 모습을 혈영대의 다섯 조장이 봤다면 모두 하나같이 자신의 두 눈을 의심했으리라.

무림맹주와 천사련주의 합공 앞에서도 당당하던 천하의 혈영사신이 자신보다 어린 여인의 추궁 앞에 이리도 쩔쩔매는 모습이라니.

그만큼 혈영대 시절의 그와 지금의 그는 많은 차이가 있었다.

마교를 떠난 지 불과 두 달도 채 안 지났음에도 말이다.

아무튼 그 후로도 약 반 시진가량 '미안하다'와 '뭐가 미안하냐'라는 식의 대화가 두 사람 사이에서 꼬리에 꼬리를 물듯 반복되었다.

연신 추궁당하는 이신의 입장에서는 실로 지옥 같은 시간이었지만, 반면 유세화는 살짝 마음의 응어리가 풀린 듯한 기색이었다.

그 증거로 내내 선 채로 말하던 그녀는 처음으로 자리에 걸터앉았다.

물론 이신의 옆자리였다.

하지만 그렇다고 해서 완전히 다 기분이 풀린 것은 아닌 듯 유세화는 이신이 아닌 정면을 바라보면서 샐쭉하게 말했다.

"그동안 도대체 뭐하느라고 연통 한 통 보내지 않은 거예요?"

무려 십오 년이었다.

그 길고 긴 세월 동안 이신은 단 한 번의 연락조차 하지 않았다.

오죽하면 주변에선 이신이 진즉에 객사했다거나, 아니면 그새 딴 여자와 눈이 맞아서 살림을 차렸을 거라는 등의 소리를 하면서 지금이라도 늦지 않았으니 새로운 사람을 만나라고 닦달할 정도였다.

주변에서 그리들 말하니 정작 그를 기다리는 유세화의 입장에서는 오죽 답답하고 힘겨웠겠는가?

반드시 이신이 돌아올 거라는 확신과 인내심이 아니었다면 절대로 버틸 수 없었으리라.

한데 그런 그녀에게 이신은 정작 연통조차 한 번 보내지 않았으니, 서운하게 여길 만도 했다.

그 순간, 이신의 뇌리로 뭔가가 섬전처럼 스치고 지나갔다.

'아, 이거였나?'

앞서 악순환의 고리처럼 이어지던 대화.

그때 유세화가 이신에게 서운하게 여겼던 것은 사실상 유가장의 위신이나 체면을 무시한 것 따위가 아니었다.

그건 그저 핑계에 불과했다.

무한에 도착하자마자 자신부터 보러오지 않은 그의 무정함을 토로하기 위한 핑계 말이다.

그제야 이신은 자신이 그녀의 마음을 몰라도 너무 몰라줬다는 것을 깨달았다.

"화매……."

그래서 이신은 진심으로 답답하고 안타까웠다.

지난 십오 년간 자신이 지금까지 어디서 어떻게 무엇을 하면서 살아왔는지에 대해서 유세화 등에게 일절 말할 수 없다는 사실이.

─한 가지만 더 약속하게. 이후 자네의 과거나 무공의 연원에 대해서 아무에게도 발설하지 말아 주게. 이유는 말하지 않아도

이신의 뇌리를 스쳐가는 사마결의 음성.

그것은 다름 아닌 족쇄였다.

과거는 물론이고 익히고 있는 무공의 연원에 대해서도 발설하지 말라.

그 말은 이신에게 아무도 모르는 곳에 처박혀서 평생 벽지의 촌부로서 살라는 의미밖에 안 되었다.

무엇보다도 마교의 무인들이 익히는 마공은 그 어떤 무공보다 빠른 성취를 안겨다주지만, 그만큼 타인의 눈에 띌 수밖에 없는 고유의 특성을 가지고 있었다.

이를테면 고루마공을 익힌 마인은 성취가 깊어질수록 해골에다 살 거죽을 뒤집어씌운 듯한 외형으로 변하는 것처럼 말이다.

즉 아무리 이신이 과거를 숨긴다고 해도 그가 한 번 무공을 드러내면 그 연원이 마교에서 비롯된 게 대번에 들통 날 거라는 계산이 밑바닥에 깔려 있었다.

그리 된다면 이신의 과거가 드러나는 것은 시간문제일 것이고, 동시에 사마결에게는 자신과의 약조를 어긴 이신을 공식적으로 처단할 수 있다는 명분이 생긴다.

설령 천마가 뒤늦게 이 사실을 알게 되더라도 쉬이 손을 쓸 수 없도록 말이다.

과연 일공자 담천기를 다음 대 천마로 옹립하고 싶어 하는 총사 사마결다운 제약이었지만, 그 말을 순순히 따를 이신이 아니었다.

그럴 생각이었다면 간밤에 금와방에서 대놓고 그 난리를 치지 않았을 테니까.

무엇보다 이신이 익힌 무공에는 사마결을 비롯한 마교의 고위 간부들조차 모르는 비밀이 하나 있었다.

배화구륜공(倍火九輪功).

배화공, 또는 구륜공이라 불리는 그것은 염마종 대대로 전해져 내려오는 비전절학이었으나, 엄밀히 말해서 마교의 마공과는 궤를 달리했다.

왜냐하면 애당초 염마종 자체가 다른 오대마종과는 달리 마교 내부가 아닌 외부에서 비롯된 종파였기 때문이다.

배교(拜敎).

과거 그리 불렸던 한 고대 사교(邪敎)의 후예가 다름 아닌 염마종이었다.

그 사실을 아는 자는 마교 내에서도 극소수였고, 그나마도 마교의 역사에 정통한 자가 아니라면 잘 모르는 사실이었다.

뿐만 아니라 역대 염마종의 후예들은 자연스레 마교 안에 녹아들기 위해서 일부러 배화구륜공과 다른 마공과 섞었다.

하지만 그것은 결과적으로 염마종의 세가 갈수록 약화되

는 요인으로 손꼽혔다.

배화구륜공의 이름을 말 그대로 직역하자면 불길을 키우는 아홉 개의 바퀴란 뜻이다.

여기서 불길이란 무인이 품고 있는 기운, 즉 내기를 뜻한다.

그리고 그 불길을 키우는 바퀴는 하단전이 아닌 중단전에 자리한 기의 륜, 배화륜(倍火輪)을 가리킨다.

배화구륜공이 여타 마공과 궤를 달리한다는 게 바로 이점 때문이다.

이 배화륜을 만들기 위해서는 단순히 기감을 느끼고 하단전에 축기하는 것 이상의 노력과 자질이 요구된다.

남들이 일류의 경지에 오를 때가 되어서야 겨우 삼류의 문턱을 밟을 정도로 그 성취 속도는 굼벵이처럼 느렸다.

하지만 그만큼의 악조건을 감수할 만한 가치가 분명 배화구륜공에는 있었다.

만약 일의 내력이 있다고 했을 때, 그것을 배화륜을 통해서 단숨에 백의 내력에 가까운 위력으로 부풀리는 게 가능하다.

이 때문에 염마종 내에서는 배화구륜공을 대성한다면 자그마치 한 줌의 내력만으로도 거악을 무너뜨릴 수 있다는 전설이 공공연하게 전해져 내려온다.

가히 한때 마교와 어깨를 나란히 한 배교의 비전절학다운 놀라운 공능이 아닐 수 없다.

한데 이것은 달리 말하자면 내력뿐만 아니라 마공의 마기마저 한꺼번에 배가시킨다는 단점으로도 작용한다.

역대 염마종주들이 미처 예상치 못한 부작용인 셈이다.

그 때문에 염마종의 무인들은 하나같이 성미가 성급하고 폭주하는 경향이 짙어져서 다른 오대마종의 무인들보다 일찍 명을 달리하는 경우가 허다했다.

이에 보다 못한 이신의 사부, 전대 종주 종리찬은 어떻게든 배화구륜공을 다시 원래의 모습으로 되돌리려고 노력했지만, 쉽지 않은 노릇이었다.

마공의 마기를 아무리 최소화시킨다고 한들, 배화구륜공을 운용하면 대번에 그것이 갑절로 불어나 버리니 모두 도로아미타불이 되버리기 일쑤였다.

그러다 어느 날, 그는 한 가지 기가 막힌 묘책을 떠올렸다.

─만약 마기의 폭주를 제어하는 심법과 배화구륜공을 동시에 익힌다면 어떻게 될까?

무림의 무수히 존재하는 무학 중에서 샅샅이 뒤져 본다면 분명 마기를 제어할 수 있는 심법이 존재할 것이다.

그리고 그런 심법을 동시에 익힌다면 능히 배화구륜공의 부작용 또한 억제할 수 있을 것이다.

실낱같은 가능성에 모든 것을 걸기로 결심한 종리찬은 이윽고 마교를 떠나서 강호 전체를 떠돌았다.

그러길 수년.

슬슬 포기할까 싶을 때, 우연히 만난 것이 다름 아닌 이신이었다.

당시 이신은 한 가지 심법을 익히고 있었다.

청허심법(淸虛心法).

그것은 유가에 전해지는 기공이자 심법으로 특이하게도 하단전에 내기를 축적하지 않는다.

축기를 할 수 없다는 건 무공으로서의 효용면으로 봤을 때 실로 무용한 터라 어느 누구도 청허심법을 귀하게 여기지 않으나, 사실 청허심법에는 남들이 모르는 묘용이 있었다.

바로 유가의 심법답게 어떤 상황에서도 심기체가 흔들리지 않고, 이성을 굳건하게 유지할 수 있다는 것이었다.

이는 종래의 마공과는 다르다고는 하지만, 그래도 오랫동안 마교에 전해져 내리면서 알게 모르게 배화구륜공 속에 녹아든 마기로부터 이신의 이성을 지켜줬다.

때문에 이신은 겉으로 보기엔 전혀 마인처럼 보이지 않았다. 오히려 평범하달까.

종리찬이 의도한 대로의 결과였고, 그의 가설이 맞아떨어졌다는 증거였다.

뿐만 아니라 이신은 혈영대에서의 훈련과 임무를 통해서 마기를 숨기는 법에 대해서는 누구보다 도가 텄다. 그렇다 보니 사마결의 의도와 달리 이신은 본신의 무공을 펼치는 데 있어서 아무런 거리낌이 없었다.

물론 그가 배화구륜공을 전면으로 드러낼 일 자체가 드물긴 했지만 말이다.

반면 과거에 대해선 철저히 함구해야 했다.

그것만은 어쩔 도리가 없었다.

그 사실이 참으로 안타까웠지만, 이신은 애써 그런 감정을 숨기면서 말했다.

"미안해, 화매. 그럴 만한 사정이 안 되었어. 왜냐하면 나한테는 하루하루 살아남는다는 것 자체가 기적이었으니까."

"가가……"

이신의 말은 단순히 상황을 얼버무리고자 급조한 거짓말 따위가 아니었다.

그의 말은 진실이었다.

우연히 염마종주 종리찬의 눈에 띄어서 제자가 된 것까지는 좋았으나, 그 후 이신에게 기다리고 있는 것은 처절한 고통과 피로 얼룩진 나날들이었다.

사실 말만 제자일 뿐, 종리찬은 이신을 통해서 배화구륜공을 새로이 정립하는 과정을 수없이 반복했기 때문이다.

최후의 순간, 그가 주화입마에 빠진 이신에게 격체전공으로 자신의 내력을 넘긴 것도 제자를 아끼는 마음이라기보다는 평생을 바친 실험의 결정체인 이신을 헛되이 잃을 수 없다는 광기의 결과였다.

물론 그게 전부가 아님을 알기에 최후의 순간, 이신은 종리찬을 용서하고 그에게 최초이자 마지막으로 구배지례를 올렸다.

그렇게 과거를 떠올리는 순간, 이신의 얼굴에는 저도 모르게 씁쓸함과 고단함이 묻어났다.

이에 유세화는 좀 전과 달리 그의 말꼬리를 잡거나 추궁하기 어려웠다.

거기에 이어지는 장대호의 말이 한몫했다.

"저기, 제수씨라고 불러도 상관없겠지요? 아무튼 듣자 하니 소악귀… 아니, 이신 저 친구가 이번 정마대전에 참전했었다고 합니다."

"네? 저, 정마대전이라고요?"

장대호의 말이 끝나기 무섭게 유세화의 동그란 눈이 더욱 커졌다.

동시에 정면만 바라보던 그녀의 시선이 이신에게로 향했다.

"정말이에요?"

득달같은 유세화의 물음에 이신은 고개를 묵묵히 끄덕였다.

덕분에 안 그대로 새하얀 유세화의 얼굴이 더욱 창백하게 질려 버렸다.

그녀 역시 정마대전에 참전한 사람 대부분이 명을 달리했다는 걸 잘 알고 있었다.

한데 이신이 지옥 같은 그 사지에서 살아 돌아왔다는 말을 들었으니 어찌 놀라지 않을까.

아연실색한 가운데, 장대호의 말이 이어졌다.

"아마도 그간 연통을 넣지 않은 건 제수씨에게 괜한 걱정을 끼치고 싶지 않아서 그랬을 겁니다. 혹은 괜한 기대를 하게 만들고 싶지 않았다거나."

"괜한 기대라뇨?"

단 하나밖에 없는 연인의 소식을 무려 십오 년 동안이나 오매불망하고 기다렸던 그녀의 입장에서는 잘 이해하기 어려운 말이었다.

이에 장대호가 덧붙이듯 말했다.

"반드시 살아 돌아온다는 보장이 없는 곳입니다. 그런 와중에 제수씨로 하여금 엉뚱한 기대를 하게 만들었다가 덜컥 이신 저 친구가 목숨을 잃기라도 한다면? 그때 홀로 남겨진 제수씨의 마음이 어떻겠습니까?"

더욱이 유세화는 무려 십오 년이나 기다려 줄 정도로 그에 대한 사랑이 크고 굳건했다.

아마도 그 정신적인 충격은 이루 말로 형용할 수 없을 정도일 것이다.

어쩌면 죽은 이신의 뒤를 따라서 자진해 버릴지도 모를 만큼 말이다.

"저 친구가 두려워한 것도 아마 그런 거겠죠."

"아아……!"

나지막한 탄성과 함께 유세화의 시선이 다시금 이신에게로 향했다.

동공이 흔들리는 그녀의 눈을 보면서 이신은 내심 쓴웃음을 머금었다.

'뭐, 그런 이유도 있긴 하지만…….'

이신의 원래 소속은 정천무관, 엄밀히 말해서 정파 쪽에 속한다.

그런 그가 마교, 그것도 염마종주의 제자가 되었으니 제일 시급한 문제가 자신의 과거에 대해서 일절 감추고 숨기는 것이었다.

사부 종리찬도 그러는 게 낫겠다고 조언했다.

그렇다 보니 이신은 본의 아니게 고향으로 연통 하나 제대로 보낼 수 없었고, 이후 거친 임무가 많은 혈영대에 몸을 담은 뒤로는 더더욱 어려워졌다.

그런 일련의 사정을 설명할 수 없는 가운데, 장대호의 지레짐작은 꽤나 그럴싸한 변명 거리를 만들어줬다.

물론 정마대전 이전에 대한 설명은 다소 빈약했지만, 그건 아무래도 좋았다.

본디 남자와 달리 여자는 감성의 노예라고 하지 않았던가?

그 증거로 이미 유세화는 자신을 생각해서 차마 연락할 수 없었다는 대목에서 이신을 반쯤 용서한 듯한 눈치였다.

'이조장, 이놈이 아주 맹탕은 아녔군.'

앞서 여자가 감성의 노예니 뭐니 하는 말은 전부 다 혈영대 다섯 조장 중에서 유독 여자들에게 잘 들이대기로 소문난 이조장 소유붕의 입에서 나온 것이었다.

당시에는 뭔 개소리인가 싶었는데, 지금 유세화의 반응을 보아하니 의외로 현실을 반영하고 있지 않은가.

'이런 것도 아는 놈이 매번 그렇게 퇴짜를 맞은 게 더 신기한 노릇이군.'

아무래도 이론과 실전은 서로 별개인 모양이었다.

무엇보다 재미있는 사실은 정작 그런 이론에 대해서는 하나도 모르는 장대호가 고작 말 몇 마디로 자연스레 그녀의 감성을 건드려서 자칫 험악해질 수 있었던 장내의 분위기를 부드럽게 만들었다는 것이다.

이런 건 의도한다고 해서 되는 게 아니다.

천부적으로 타고났다는 소리다.

물론 어느 정도 짐작 가는 바가 있긴 했다.

예전부터 어린 여우라는 소리를 들을 만큼 눈치와 잔머리 하나는 기가 막힌 장대호였다.

특히 그는 눈치가 타의 추종을 불허했는데, 앞서 유세화에 대한 간지러운 호칭만 보더라도 대번에 두 사람의 관계를 대략적이나마 꿰뚫어봤다는 소리가 아닌가.

이에 유세화도 겉으로 티는 내지 않았지만, 자신과 이신의 관계를 인정하는 듯한 장대호의 태도에 호감을 가질지언정 불쾌하게 여기지 않았다.

덕분에 장대호는 아주 자연스럽게 두 사람 사이에 녹아들 수 있었다.

"그나저나 제수씨도 알고 계셨습니까? 저 친구가 이번에 무관을 차리려고 한다는 거."

"무관이라고요?"

생전 처음 듣는 이야기에 유세화는 고개를 갸웃거렸다.

이신이 갑자기 왜 무관을 차린단 말인가.

그러다가 곧 그의 양부이자 아버지 유정검의 절친한 지기, 이극렬이 원래 조그마한 무관을 운영했었다는 사실을 떠올렸다.

'가업을 이어받으려는 생각이신가?'

단순히 그렇게 여기기엔 뭔가 석연치 않은 부분이 있었다.

그 무시무시한 정마대전에서 몸 성히 생환할 정도라면 굳이 무관을 차리지 않더라도 인근 표국이나 중소방파, 혹은 무림맹에 투신하는 편이 훨씬 더 나았다.

실제로 그런 이력을 지닌 무사들의 몸값이 더 높았고, 그만큼 대우도 보장되었다.

그런 마당에 굳이 앞날이 불투명한 무관을 세울 이유가 뭐란 말인가?

"가가, 그러지 말고 차라리 본가에 들어오시는 건 어때요?"

유정검이라면 기꺼이 이신을 가문의 일원으로 받아들일 것이다.

아니, 도리어 환영하리라.

금와방과의 일은 물론이거니와 그들에게 강제로 빼앗겼던 포목 사업체를 되돌려 받을 수 있었던 것도 전부 이신의 도움 덕분이었으니까.

하지만 뜻밖에도 유세화의 제안에 이신은 고개를 내저었다.

"화매의 마음은 고맙지만, 사양할게."

"가가……."

생각보다 단호한 이신의 거절에 유세화는 약간 서운한 빛을 내비쳤다.

이에 지켜보던 장대호가 말했다.

"도대체 뭐 때문에 그렇게 무관에 집착하는 거냐, 소악귀? 유 소저의 말대로 유가장에 투신하는 게 그리 나쁜 일만은 아니잖아?"

오히려 두 사람의 관계를 생각하면 그 편이 훨씬 더 나을 수도 있었다.

장대호의 물음에 이신은 잠시 생각에 잠겼다가 말했다.

"간밤에 나와 금와방 사이에 충돌이 생겼어. 그런데 그런 상황에서 내가 곧장 유가장에 투신한다면? 과연 그들이 나와 유가장을 어떻게 바라볼까?"

"어, 어, 그건……."

"아……."

장대호에 이어서 유세화까지 말문이 막히면서 동시에 표정이 굳어졌다.

이신이 말하는 바는 간단했다.

비록 소유한 사업체의 삼분지 일에 해당하는 포목 관련 사업체를 고스란히 유가장에 되돌려 줬다고는 하지만, 그럼에도 금와방의 위세는 여전히 대단했다.

뭣보다 그들의 뒤에는 무당파가 있었다.

당장은 위축될지 몰라도, 얼마 안 있어서 다시 예전의 성세를 회복하고도 남았다.

그런 금와방과 척을 진 이신을 유가장에서 품는다는 건 심히 위험천만한 일이었다.

"아마 지금쯤이면 나에 관한 소문이 무한의 모든 문파에 쫙 퍼졌을 거야. 그들은 금와방과의 충돌이 두려워서라도 쉬이 날 영입하려고 들지 않겠지. 물론 유가장에서도 마찬가지이겠고."

"그런……."

냉정하게 현실을 직시하는 이신의 말에 유세화는 뭐라 할 말이 없었다.

이어서 이신이 말했다.

"유가장에 피해를 주지 않기 위해서라도 나는 어디까지나 독자적인 세력으로 존재해야 해. 그러려면 애초의 계획대로 무관을 차리는 편이 나아."

이신이 무관을 차려서 엄연히 독자적인 세력으로 존재한다면, 금와방은 그의 눈치를 봐서라도 당장 유가장에 손을 댈 수 없을 것이다.

아니, 손 댈 틈이 없다는 게 정확한 표현이리라.

'금와방의 이목은 어디까지나 나한테만 집중될 테니까.'

지금의 유가장은 너무 쇠락해진 상태다.

하니 그들이 전성기 때만큼은 아니더라도 어느 정도의 성세를 회복할 만한 시간을 벌일 필요가 있었다.

'적어도 정면에서 부딪쳐도 버틸 수 있을 만큼은 말이지.'

순간 이신의 눈에 희미한 백광이 떠올랐다. 엄연히 적의를 담은 불길이었다.

하지만 언제 그랬냐는 듯 백광은 이내 사라졌고, 그는 유세화를 바라보면서 말했다.

"그나저나 화매, 뭐 잊은 거 없어?"

"⋯⋯?"

잊은 거라니? 갑자기 뭔 생뚱맞은 소리인가 싶었다.

하지만 곧 이어지는 이신의 말에 그녀의 눈이 휘둥그레졌다.

"약속대로 돌아왔어, 화매."

“……!”

유세화는 일순 말문이 막혔다.

십오 년 전, 무한을 떠나기 전에 그녀와 이신이 나누었던 약속. 무슨 일이 있어도 살아 돌아온다는 그 약속을 지켰다고 그는 말하고 있는 것이다.

그녀는 한참 동안 말없이 이신을 바라봤고, 어느덧 그녀의 커다란 눈망울이 점점 촉촉해지기 시작했다.

종래에는 눈물이 굵게 방울져서 뚝뚝 떨어질쯤 되어서야 그녀의 앵두빛 입술이 열렸다.

“…어서 오세요, 가가.”

이윽고 그녀의 자그마한 몸이 이신의 너른 품 안에 그대로 쏙 안겨 들었다.

부드러운 감촉과 체온, 그리고 자그마한 떨림을 온몸으로 느끼면서 이신은 비로소 자신이 무한에 돌아왔음을 실감했다.

그렇게 십오 년 만에 맞이한 두 연인의 해후를 바라보면서 장대호는 나지막하게 한숨을 내쉬었다.

‘후우, 외롭다…….’

장대호.

올해 서른한 살 노총각의 한숨은 쉬이 끝날 줄 몰랐다.

第六章
입주동량(立柱棟梁)

무한 변두리에 위치한 낡은 장원.

운중장(雲中莊)이라는 글자가 희미하게 새겨진 편액이 대문 위에 내걸려 있는 그곳은 구름 속의 장원이라는 이름이 무색할 만치 대문부터 시작해서 지붕과 담벼락까지 성한 곳이 한 군데도 없었다.

덕분에 숫제 귀곡장(鬼哭莊)이라 바꿔 불러야 마땅할 정도로 음산한 분위기를 연출했는데, 그런 운중장에서 유일하게 그나마 사람 사는 냄새가 나는 곳이 후원의 별채였다.

그리고 그 별채의 뒤뜰 한가운데서 이신은 난데없이 물구나무서기를 하고 있었다.

일반적인 물구나무서기와 달리 그는 오직 오른팔 하나로 전신의 무게를 지탱하고 있었는데, 그럼에도 온몸이 일직선으로 쭉 뻗은 채 꿈쩍도 하지 않았다.

누군가 이 모습을 봤다면 틀림없이 그가 내력을 운용하고 있다고 여기겠지만, 놀랍게도 지금 이신은 단 한줌의 진기도 사용하지 않고 있었다.

오로지 본신의 육체가 가진 힘만으로 물구나무서기를 하고 있는 것이었다.

거기다 지금 그의 양팔과 양다리에는 각각 두꺼운 추가 달려 있었는데, 특별히 장가철방에 의뢰한 물건으로 추 하나당 무게가 무려 이백 근(120㎏)이었다.

다 합치면 무려 팔백 근에 달했고, 이는 성인 장정 일곱 명을 동시에 매단 것과 같은 무게였다.

그런 상태에서 이신은 곧바로 팔굽혀펴기에 들어갔다.

천천히 올라갔다 내려가기를 반복하는 이신의 몸.

오른팔의 근육은 부풀어 오르다 못해 당장이라도 터질 것 같은 지경이었으나 이신은 절대 멈추지 않았다.

그렇게 팔굽혀펴기를 무려 백 회까지 하고 나자 이번에는 왼팔로 바꿔서 다시 팔굽혀펴기에 들어갔다.

실로 보는 이를 질리게 하는 광경.

그리하여 팔굽혀펴기를 도합 사백 회까지 달성한 다음에서야 이신은 비로소 몸을 똑바로 일으켰다.

"후우!"

그새 온몸이 땀으로 흠뻑 젖은 이신은 한숨과 함께 흐트러진 호흡을 가다듬었다.

팔백 근에 달하는 추를 사지에 단 상태에서 한 손으로 물구나무서기를 하는 것도 모자라서 그대로 팔굽혀펴기까지 했으니 지칠 법도 했다.

아니, 오히려 부상을 입지 않은 게 신기할 지경이었다.

그만큼 이신의 외공 수련의 강도는 상상을 초월하는 수준이었다.

일반적으로 화경급의 고수들은 심상 수련이나 내공 수련에만 힘쓸 뿐, 외공 수련은 거의 등한시하게 마련이었다.

그도 그럴 것이 화경급에 오른 고수의 육체는 더 이상의 외공 수련이 필요하지 않을 만큼 무공을 펼치기에 더없이 완벽해진 상태이기 때문이다.

그런 상식에서 비춰서 봤을 때, 이신의 수련 방식은 분명 비정상적이었다.

그러나 무릇 쇠는 두드리면 두드릴수록 더욱 단단해지는 법!

그건 화경급 고수의 육신에도 똑같이 적용되는 이치였다.

때문에 이신은 화경급의 고수가 된 이후로도 내공 수련과 함께 외공 수련도 매일 빠짐없이 하였다.

그 결과, 그의 육신은 비슷한 경지의 고수들에 비해서 상대적으로 더욱 탄력적이면서 강건해졌다.

실제로도 땀에 젖어 고스란히 드러난 그의 몸은 군살 하나 없이 완벽하게 근육으로 꽉꽉 채워져 있었는데, 단순히 보기만 좋은 게 아니었다.

어지간한 무인 정도는 내공 없이 본신의 힘만으로도 충분히 제압할 수 있는, 그야말로 흉기나 마찬가지인 몸이었다.

하지만 이신이 외공 수련을 병행하는 것은 단순히 육신의 단련만이 목적은 아니었다.

오히려 그것은 그저 부가적인 산물일 뿐, 진짜 그가 추구하는 바는 따로 있었다.

"후우, 슬슬 시작해 볼까?"

평소에는 좀처럼 보기 힘든 긴장한 표정과 함께 이신은 가부좌를 틀고 앉았다.

그러자 얼마 지나지 않아 그의 하단전에서 뜨거운 용암 같은 것이 꿈틀대기 시작했다.

그것은 배화구룡공이 아닌 청허심법을 통해서 지난 세월 동안 그가 쌓아 올린 내기와 스승 종리찬이 격체전공으로 물려준 일 갑자의 내력이 서로 합쳐진 것이었다.

물론 종리찬이 물려준 내력은 고작 일 갑자가 다가 아니었다.

일 갑자 수위의 내력은 어디까지나 빙산의 일각으로, 지금도 아직까지 이신이 미처 흡수하지 못한 내력이 그의 전신의 세맥 여기저기에 흩어져 있었다.

사실 이신이 매일같이 무모하다 싶을 정도의 외공 수련을 반복하는 것도 그러한 물리적인 자극을 통해서 세맥 안에 잠들어 있는 내력을 조금이나마 일깨워서 단전으로 흡수하기 위한 노력의 일환이었다.

그렇게 하단전에서 출발한 진기가 온몸을 거침없이 누비고 있을 때, 이신은 심장 어림에 자리한 일곱 개의 배화륜을 천천히 회전시켰다.

위이이이이잉―!

오로지 이신의 귀에만 들리는 배화륜의 회전음.

그 회전음을 들으면서 이신은 진기를 심장 쪽으로 도인했다.

그러자 심장에 도착하기 무섭게 진기는 일곱 개의 배화륜을 통해서 급격히 증폭되기 시작했다.

그렇게 일곱 개의 배화륜을 통해서 증폭된 진기를 다시 단전에 내보내고 다시 심장으로 도인하는 과정을 반복하길 어언 수십 차례.

문득 실낱같은 기의 고리가 새로이 심장어림에서 만들어지기 시작했다.

하지만 그도 잠시, 이내 기의 고리는 완전한 형상을 갖추기도 전에 허무하게 사라져 버렸다.

동시에 감겨져 있던 이신의 눈이 번쩍 뜨였다.

'오늘도 실패인가?'

배화구륜공은 그 이름에서 알 수 있듯 아홉 개의 배화륜을 만드는 것이 최종 경지다.

이른바 구륜(九輪)의 단계.

이론상으로 구륜의 단계에 오르면 내력을 단숨에 백 배 이상으로 증폭시킬 수 있다고 하지만, 그건 어디까지나 이론상의 경지일 뿐이었다.

사부 종리찬도 일찍이 구륜의 단계는 인간의 능력으로 불가능하다고 하였고, 현실적으로는 팔륜(八輪)의 단계까지가 한계라고 했다.

지금 이신의 경지는 무려 칠륜(七輪)의 단계.

서른을 갓 넘긴 나이임을 감안하면 그의 경지는 실로 놀라운 수준이었다.

이는 본인의 피땀 어린 노력과 자질, 그리고 종리찬의 내력을 물려받은 기연이 함께 맞물린 결과였다.

그리고 최근 들어서 드디어 팔륜의 단계에 도전하기 시작했으나, 안타깝게도 그의 시도는 매번 실패로 돌아갔다.

'서두르지 말자.'

이미 칠륜의 단계로도 무림에서 거의 적수를 찾아볼 수 없는 이신이었다.

거기다 아직 그의 나이는 서른하나에 불과하지 않은가.

창창한 나이의 그에게는 아직도 도전할 수 있는 기회가 얼마든지 있었다.

물론 그런 것과 별개로 실패에 대한 아쉬움은 어쩔 수 없었지만 말이다.

끼이이익―

그때 누군가가 대문을 열고 장원 안으로 들어왔다.

하지만 이신은 놀라기는커녕 마치 기다렸다는 듯한 표정을 지으면서 중얼거렸다.

"왔군."

그리고 이신의 말이 끝나기 무섭게 저 멀리서 백의청년 하나가 걸어오는 게 보였다.

이신의 입꼬리가 살짝 올라갔다.

"좋은 아침이다, 광아."

"네. 좋은 아침입니다, 형님."

그의 반김에 백의청년, 유지광이 예의 순박한 미소를 지으며 고개를 끄덕였다.

유지광이 이른 아침부터 이신을 찾아온 이유는 다름이 아니라 어제 그의 누이, 유세화에게 한 이신의 부탁 때문이었다.

―앞으로 반년, 그 정도만 광이를 나한테 맡겨주면 안 될까?

무슨 이유 때문에 그런 것인지 자세히 물어볼 법도 하건만, 그의 말이 끝나기 무섭게 유세화는 고개를 끄덕였다.

마치 이신이 먼저 그 말을 꺼내기만을 손꼽아 기다린 사람인 양.

사실 그녀도 눈과 귀가 달린 이상, 이신이 단신으로 금와방을 박살 낼 정도로 압도적인 무위를 소유하고 있다는 것쯤은 이미 잘 알고 있었다.

그런 가운데 이신이 동생 유지광을 맡겠다고 자청하니 어찌 그의 부탁을 거절하랴.

오히려 두 손을 번쩍 들고 반겨야 마땅했다.

그런 그녀의 적극적인 협조와 동의하에 유지광은 졸지에 이신과 반년을 함께 동고동락하게 된 것이었다.

그래서 이신은 유지광의 등장을 그리 이상하게 여기지 않았지만, 딱 하나 의문스러운 부분이 있긴 했다.

"그나저나 생각보다 일찍 왔구나. 무림맹 쪽의 일은 어쩌고?"

유지광은 엄연히 무림맹 소속의 무인이었다.

때문에 이신도 유지광의 업무 시간을 감안해서 전날 유세화에게 유시(酉時 : 오후 5~7시) 정각 무렵에나 그를 보내라고 했는데, 어찌된 일인지 유지광은 아직 진시(辰時 : 오전 7~9시)도 채 안 지난 시각에 나타났다. 확실히 이상하게 여길 만도 했다.

이신의 물음에 유지광은 쓴웃음을 머금으면서 말했다.

"잘렸습니다."

"뭐, 잘려?"

이신의 반문에 유지광은 뒷머리를 긁적이면서 말했다.

"어제 저녁에 대주께서 직접 본가로 찾아와서는 말씀하시더군요. 더는 제가 지부에 나오지 않아도 된다고요."

그 말을 듣자마자 이신은 곧바로 금와방주를 떠올렸다.

그의 막내아들 능위군은 어린 나이에도 청검대의 조장직을 맡고 있었고, 심지어 유지광을 납치할 때 그에게 높은 자리 운운하면서 회유책까지 펼쳤다.

그 말은 금와방에 충분히 무림맹의 인사에 관여할 만한 능력과 인맥이 있다는 소리였다.

'나한테 직접 손을 쓸 수 없으니 이런 식으로 대신 분풀이를 한 게로군.'

실로 엉뚱한 곳에 불씨가 튄 격이었지만, 그래봐야 크게 문제가 될 건 없었다.

어차피 포목 사업체를 되돌려 받은 이상, 유가장의 재정은 시간만 지나면 금세 정상적인 수준을 회복할 터였다.

굳이 가문의 소가주인 유지광이 쥐꼬리만 한 녹봉에 연연할 이유가 없어진 셈이었다.

차라리 그 시간에 전심전력으로 수련해서 가문의 부흥을 꾀하는 편이 나았다.

무엇보다 유지광의 자질은 명문무가의 후손답게 썩 그리 나쁘지 않았다.

본인의 노력과 환경만 제대로 뒷받침된다면 얼마든지 일류의 문턱 정도는 쉬이 넘어설 수 있는 수준이랄까.

하지만 애석하게도 현재 유가장의 무학만으로는 유지광이 지금 이상의 고수로 성장할 수 있는 가능성은 지극히 희박했다.

그도 그럴 것이 그가 익힌 가전무학의 상승 구결은 모두가 알다시피 불의의 사고로 인해서 전대 가주 시절에 통째로 소실되고 말았다.

뿐만 아니라 유일한 스승이자 그의 아버지, 가주 유정검이 무리한 연공으로 인한 주화입마의 여파로 현재 운신조차 버거운 상태가 아니던가?

고로 지금의 유지광에게는 다른 무엇보다도 앞으로의 길을 제시해 줄 길잡이 겸 스승 역할을 해줄 사람이 절실히 필요했다.

굳이 이신이 반년간 유지광을 맡기로 한 이유도 바로 그 때문이었다.

한편, 유지광이 땀에 젖어서 적나라하게 드러난 이신의 몸을 보면서 내심 감탄을 금치 못했다.

'도대체 얼마나 수련하면 형님과 같은 몸을 가질 수 있는 걸까?'

웬만큼 몸 좋은 사람도 감히 명함을 내밀지 못할 만큼 탄탄한 이신의 몸은 확실히 같은 남자가 보기에도 남성미가 넘쳐났다.

아마 뭇 여자들은 이신에게서 쉬이 눈을 떼지 못했을 것이다.

딱 봐도 부러움이 가득한 유지광의 눈빛에 이신은 피식 웃으면서 말했다.

"너무 그렇게 부러워하지 말거라. 너도 십 년 이상 하루도 빠지지 않고 매일 수련하면 자연스레 이와 같은 몸을 가질 수 있을 테니까."

"시, 십 년이라고요?"

유지광은 절로 혀를 내둘렀다.

이신의 몸이 십여 년의 세월을 통해서 다져졌다는 사실보다 무려 십여 년 동안이나 하루도 빠짐없이 꾸준히 무공을 수련했다는 사실에 더 놀라고 만 것이다.

보통 인간이라면 한 달에 하루 이틀쯤은 쉬고 싶을 만도 하거늘.

유지광으로선 도저히 흉내 낼 수 없는 일이었다.

'진짜일까?'

하다못해 이신의 말이 진짜인지 아닌지 의심스러울 정도였다.

그리고 얼마 지나지 않아 곧 그것이 진실임을 유지광은 온몸으로 깨닫게 되었다.

＊　　　＊　　　＊

철방의 문을 연 지 어언 반 시진.

이 시간이면 쇠를 두드리기 바빴을 텐데, 어찌 된 일인지 장철만은 팔짱을 낀 채로 조용히 눈을 감고 있었다.

뭔가 심각하게 고민하는 듯한 모습.

그런 장철만의 앞에는 예전에 이신이 무한으로 돌아온 날, 그가 바라봤던 바로 그 낡은 검갑이 놓여 있었다.

그렇게 얼마의 시간이 지났을까?

장철만의 뇌리로 어젯밤, 제자이자 양자로 들인 장대호가 침을 튀겨가며 했던 말 중 하나가 선명하게 떠올랐다.

—사부! 소악귀, 그놈이 무관을 차린다고 합니다. 벌써 장원까지 하나 사났다더라고요.

'새로운 무관이라…….'

단순히 양부 이극렬의 뒤를 잇겠다는 의미만은 아닐 것이다.

애당초 이신이 무한으로 돌아왔다는 것부터가 이미 한 가지 사실을 시사하고 있지 않은가?

거기다 그도 눈과 귀가 있기에 얼마 전 이신이 금와방을 한바탕 뒤집어났다는 사실을 알고 있었다.

단신으로 천하의 금와방을 뒤흔들 정도의 무위라니.

십오 년 전이라면 감히 상상조차 할 수 없던 일이었다.

'드디어 때가 온 건가?'

불가능할 거라고 여겼던 십 오년 전의 맹세.

지금은 그와 이신, 단 두 사람만이 알고 있는 그 맹세가 이뤄질 날이 얼마 남지 않았다는 걸 장철만은 본능적으로 직감하고 있었다.

이에 고민을 마친 듯 장철만은 감고 있던 눈을 떴다.

그리고 굳게 결의한 얼굴로 눈앞의 검갑을 열자 검붉은 녹이 잔뜩 슬어 있는, 실로 볼품없는 외양의 장검 한 자루가 모습을 드러냈다.

한눈에 봐도 얼마나 오랜 세월동안 방치되어 왔는지 알 수 있었다.

하지만 장철만은 마치 갓 태어난 아기를 대하듯 조심스레 녹슨 장검을 한차례 쓸어 만졌다.

그러자 검신의 녹이 살짝 벗겨지면서 초서로 음각된 글자가 희미하게 보였다.

영호(英護).

그 두 글자를 뚫어질 듯이 바라보면서 장철만은 중얼거렸다.

"조금만 기다려라. 곧 너의 새로운 주인에 걸맞은 모습으로 만들어줄 테니까."

장철만의 두 눈에 희미한 열기와 함께 신광이 떠올랐다가 사라졌다.

그리고 얼마 후, 쇠를 두드리는 둔탁한 소음과 함께 꺼졌던 화로의 불길이 다시금 활활 타오르기 시작했다.

*   *   *

장철만이 화로의 불을 지피고 있을 시각, 유지광은 때 아닌 지옥을 경험하고 있었다.

"허억, 허억! 크으윽……!"

땀에 흠뻑 젖다 못해 당장이라도 쓰러질 듯한 모습으로 뛰고 있는 유지광.

처음 운중장에 왔을 때만 하더라도 뽀송뽀송한 모습이었던 것과는 천지 차이였다.

지금으로부터 정확히 두 시진 전.

이신은 유지광이 가지고 있는 짐을 풀기 무섭게 자신을 따라오라고 말했다.

이에 뭣도 모르고 따리나선 유지광은 그 뒤 이신의 뒤를 쫓아서 허허벌판을 뛰어다니기 시작했다.

자그마치 두 시진 동안이나 말이다.

반 시진까지는 그나마 좀 할 만했지만, 한 시진을 넘은 시점부터 입에서 단내가 나다 못해서 무릎까지 다 후들거릴 지경이었다.

참다못해 이신 몰래 내공을 사용해서 경신술이라도 펼칠까 심각하게 고민도 했다.

하지만 저만치 선두에서 앞서가고 있는 이신을 보고 있자 니 차마 그럴 수 없었다.

이신은 경신술이고 나발이고 간에 우직하게 무조건 앞으로 뛰고 있었다.

심지어 유지광은 몰랐지만, 지금 그는 앞서 물구나무서기 때 달았던 팔백 근의 강철추를 여전히 풀지 않은 채 뛰고 있었다.

더욱 놀라운 것은 그럼에도 맨몸인 유지광보다 빠른 것도 모자라서 규칙적으로 들려오는 숨소리조차 안정적이라는 사 실이었다.

도저히 기존의 상식으로는 상상조차 할 수 없을 만큼 어마 어마한 체력!

동시에 그것은 증거이기도 했다.

이신이 지난 세월 동안 이 정도로 혹독한 수련을 계속해 왔다는 증거 말이다.

'도대체 뭘 위해서?'

자연스레 유지광의 뇌리에 그런 의문이 떠오를 때쯤, 앞서 달리던 이신이 갑자기 멈추라는 수신호를 보냈다.

이에 얼떨결에 멈춘 유지광이었으나, 내심 속으로는 다행이다 싶었다.

더 이상은 죽어도 못 뛰겠다고 싶은 찰나에 때마침 이신이 수신호를 보낸 것이다.

언제 이신이 다시 뛰자고 할지 알 수 없기에 유지광은 최대한 호흡을 가다듬는 데만 집중했다.

그래서 그는 미처 보지 못했다.

자신을 바라보는 이신의 입꼬리가 살짝 올라가는 것을.

'제법이군. 첫날에 이 정도나 따라올 줄이야. 보기보다 기초가 다져져 있군.'

더군다나 몰래 내공을 쓰거나 경신술을 사용하는 등의 요령조차 피우지 않았다.

딱히 이신이 그러라고 하지 않았음에도 스스로 그렇게 했다는 것은 그의 본바탕 자체가 성실하다는 증거였다.

덕분에 이신은 앞으로 유지광을 어찌 가르쳐야 할지에 대해서 대충이나마 감을 잡을 수 있었다.

'사조장을 굴릴 때처럼 하면 되겠군.'

혈영대의 사조장, 고영천.

다섯 명의 조장 가운데서도 가상 듬직하면서도 동시에 고지식하기로 유명한 자였다. 마치 곰이 사람 거죽을 뒤집어쓴 것 같다고 할까.

그래서 붙은 별호가 철혈마웅(鐵血魔熊)이었다.

물론 앞에 철혈이란 말이 붙을 만큼 적 앞에서는 실로 냉혹한 손속을 자랑하지만, 반면 아군의 입장에선 든든하기 그지없었다.

동시에 그는 혈영대 내에서 가장 규율을 잘 지켜서 일종의 군기반장 역할을 톡톡히 했는데, 덕분에 정반대의 성격인 이 조장 소유붕과는 사사건건 부딪치기 일쑤였다.

당시에는 그 때문에 골치 꽤나 썩었지만, 지금에 와서 돌이켜 보면 그마저도 한때의 추억이었다.

아무튼 유지광의 숨을 겨우 안정됐다 싶을 때쯤, 이신은 다물고 있던 입을 열었다.

"어때? 생각보단 할 만하지?"

"헉, 헉! 네, 넷… 어, 어떻게든……."

실제론 당장이라도 심장이 터져 죽을 것 같은 기분이었지만, 유지광은 애써 괜찮은 척하면서 이신의 말에 장단을 맞추었다.

그러자 이신이 기다렸다는 듯 말했다.

"그래? 그럼 준비 운동도 끝났으니, 슬슬 본격적으로 시작해 볼까?"

"헉! 그, 그런……!"

유지광의 눈이 찢어질 듯 커졌다.

준비운동?

조금 전의 그 무식한 뜀박질의 어디가?

그보다 도대체 뭘 본격적으로 시작한다는 말인가?

묻고 싶은 말은 산더미처럼 많았지만, 유지광은 차마 그중 하나도 입에 올릴 수 없었다.

방금 전에 제 입으로 할 만하다고 인정했는데 이제 와서 도로 말을 물릴 수도 없는 노릇 아닌가.

그저 속으로 죽었다고 복창할 수밖에 없었다.

죽을상을 한 유지광의 모습에 이신의 입꼬리가 다시금 올라갔다.

'역시 비슷하군.'

유지광이나 고영천과 같은 부류의 인간들의 특징은 한 번 자기 입으로 꺼낸 말은 그게 무엇이든 간에 어떻게든 지키려고 노력한다는 것이었다.

덕분에 가르치는 입장에선 더할 나위 없이 편했지만, 대신 적절한 시점에 제동을 걸어주지 않으면 가끔 가다가 자신의 한계 이상으로 무리한다는 게 단점이었다.

이신은 빙긋 웃으면서 유지광의 옆으로 다가갔고, 이내 그와 나란히 어깨동무를 하면서 말했다.

"너무 그렇게 겁먹지 마. 그냥 가볍게 대련이나 하자는 거니까."

"대, 대련이요?"

"그래, 가벼운 대련."

물론 가볍다고 강조하는 것과 달리 이신의 눈은 실로 음험한 빛을 머금고 있었지만, 정작 어깨를 나란히 한 유지광은 그 사실을 깨닫지 못했다.

그리고 그 길로 두 사람은 곧장 운중장으로 돌아갔다.

"어디 보자, 그래. 이게 좋겠군."

이신은 별채 뒤뜰에 있던 나무들을 열심히 살피더니 그중 한 그루가 마음에 든 듯 그 앞에 섰다.

그리곤 서슴없이 손에 닿는 나뭇가지 하나를 뚝 꺾어 버렸다.

보기엔 대충 꺾은 것처럼 보였지만, 신기하게도 나뭇가지의 길이는 마치 자로 잰 것처럼 평소 유지광이 사용하는 장검의 길이와 똑같았다.

거기에 이신이 몇 번 손으로 매만지자 나뭇가지는 금세 투박한 모양의 목검으로 바뀌었다.

그 일련의 과정을 유지광이 멍하니 지켜보는 것도 잠시, 이신이 완성된 목검을 불쑥 그에게 넘겼다.

"자, 받아라."

"아, 네. 감사합니다. 한데 형님께서는?"

이신이 만든 목검은 기껏해야 한 자루뿐이었다.

그런데도 그는 유지광에게 목검을 넘겨준 이후로도 다시 목검을 만들기는커녕 멀뚱히 제자리에 서 있기만 할 뿐이었다.

유지광의 물음에 이신은 오른손을 천천히 들어 올렸다.

"난 이거면 충분하다."

"네?"

유지광은 순간 저도 모르게 반문했다.

'설마 정말로 맨손인 채로 대련하겠다는 건가?'

아무리 이신의 실력이 자신보다 뛰어나다고 하지만, 그래도 맨손으로 대련에 임하겠다는 것은 너무 지나치다는 생각이 들었다.

어떻게 보자면 유지광을 무시하는 것처럼 느껴지기도 했다.

하지만 이신의 만행은 거기서 그치지 않았다.

"그리고 난 이곳에서 한 발자국도 움직이지 않을 것이다."

"……!"

이신의 말이 끝나기 무섭게 유지광의 표정이 딱딱하게 굳었다.

앞서 맨손으로 대련에 임하겠다고 한 건 그래도 어느 정도 이해하고 넘어갈 수 있었다.

예전에 이화반점에서 청검대 무인 세 명을 상대로 보여준 이신의 놀라운 무위라면, 충분히 무기 없이도 맨손으로 자신을 제압할 정도의 실력이 된다는 것쯤은 말하지 않아도 알 수 있었으니까.

하지만 한 자리에 선 채로 자신의 공격을 피하지 않고 모두 받아내겠다는 건 아무리 봐도 만용이었다.

아니, 만용을 넘어선 오만이었다.

이에 대한 불쾌감과 모욕감을 애써 숨기면서 유지광은 말했다.

"…진심이십니까?"

"물론이지."

유지광의 물음에 답한 뒤, 이신은 오히려 그에게 되물었다.

"그럼 너는 지금까지 내가 한 말이 전부 농담처럼 들린 것이냐?"

"으음……!"

이신의 말이 끝나기 무섭게 유지광은 미세한 신음성을 흘렸다.

이신의 말 속에 숨겨진 미세한 살기가 그의 기혈을 자극한 것이다.

'살기가 유형화되다니…!'

한낱 기세에 불과한 살기를 유형화시킨다는 건 말처럼 쉬운 일이 아니다.

지금의 유지광으로선 감히 상상조차 할 수 없는 까마득한 경지였다.

이에 그는 앞서 이신의 언행이 단순한 오만이 아닐지도 모른다고 느껴졌다.

동시에 마주보고 서 있는 이신의 모습이 일순 거대하게 보이기 시작했다.

마치 자신이 무슨 짓을 해도 절대로 쓰러지지 않을 것 같은 만년거암을 맨몸으로 마주한 듯한 느낌!

이에 유지광은 쉬이 발걸음이 떨어지지 않았고, 곧 그의 이마 위로 식은땀이 송골송골 맺히기 시작했다.

그렇게 말없이 대치하고 있는 가운데, 제일 먼저 침묵을 깬 것은 이신이었다.

"겁먹은 것이냐?"

"……."

정곡을 찌르는 이신의 말에 유지광은 아무런 대답도 할 수 없었다.

이신의 말이 이어졌다.

"이제 보니 유가장의 명운이 다 했다는 소문이 근거없는 소리가 아녔구나. 소가주란 자가 이리도 패기가 없다니."

"……!"

순간 유지광은 저도 모르게 눈을 부릅뜨고 이신을 노려봤다.

아무리 이신이 자신의 누이와 가까운 사이고 그와도 친하다지만, 엄연히 해도 될 말과 해선 안 되는 말은 명확히 구분해야 했다.

목검을 쥔 유지광의 오른손에 힘이 들어가기 시작했고, 동시에 좀 전까지 이신의 살기와 기세에 눌려서 위축된 게 거짓말인 양 그의 신형이 앞으로 쇄도했다.

"흐아아아압!"

기합성과 함께 바람을 가르는 목검!

아래에 위로 검을 비스듬히 베어 올라가는 유하검법의 초식, 유하탄곤(流河彈鯤)이었다.

하지만 애초에 노렸던 것과 달리 그의 검은 헛되어 허공만 갈랐다.

"아닛!"

"어딜 보고 휘두르는 것이냐?"

"……!"

등 뒤에서 들려오는 이신의 음성에 유지광이 크게 당황하는 것도 잠시, 곧 둔탁한 소음이 장내에 울려 퍼졌다.

퍼억―!

이윽고 유지광의 신형이 실 끊어진 연처럼 날아갔다가 땅바닥을 몇 차례 구른 뒤에야 멈췄다.

"쿨럭! 쿨럭! 끄윽……!"

대자로 뻗은 유지광의 입에서 밭은기침과 함께 핏물이 주르륵 흘러나왔다.

간신히 상체만 일으킨 그는 믿을 수 없다는 표정으로 이신을 바라봤다.

'어, 어떻게?'

자신의 공격이 헛되이 빗나갔을 때, 분명 그의 등 뒤에서 이신의 음성이 들려왔다.

그 말은 앞서 이신이 말한 것과 달리 그가 유지광도 모르는 사이에 자리를 이동했다는 소리였다.

한데 어찌 된 일인지 지금 이신은 처음 서 있던 그 자리에 그대로 서 있었다.

딱히 움직였다는 흔적도 찾아볼 수 없었다.

실로 귀신이 곡할 노릇!

그런 그의 마음을 아는지 모르는지 이신은 사뭇 무뚝뚝한 음성으로 말했다.

"언제까지 누워 있을 참이냐. 설마 유가장의 소가주란 자의 실력이 고작 이 정도밖에 안 되는 건 아니겠지?"

"크윽……!"

또다시 이어지는 이신의 도발에 욱한 유지광은 억지로 몸을 일으켰다.

그러고는 재차 공격을 시도했지만, 이번에도 결과는 매한가지였다.

그러기를 여러 번 반복하자 점점 유지광은 눈치채기 시작했다.

자신의 공격이 빗나가는 것이 일순간 피어오르는 희끄무레한 안개 같은 것에 의해서 검로가 멋대로 비틀어지고 있기 때문이라는 사실을.

그리고 안개의 정체가 빠른 속도로 휘둘러진 이신의 수도가 남긴 잔영이라는 것을 깨닫는 데에는 그리 오랜 시간이 필요치 않았다.

'방법을 찾아야 한다. 내 검로가 중간에 비틀린다고 한들 거기서 공격이 끝나지 않을 방법을……!'

그렇게 머리를 굴리기 시작하는 유지광의 모습에 이신의 눈에 이채가 떠올랐다.

'눈치챈 건가?'

지난날 청검대 무인들은 끝까지 이신이 사용한 수법이 무엇인지도 모른 채 당했다.

그런 것을 고려한다면 확실히 기특하다면 기특한 일이었다.

하지만 단순히 수법이 뭔지 깨닫는 수준에서 그치고 만다면, 아무 짝에도 쓸모없는 법. 어떤 대응책을 내놓느냐가 중요했다.

이윽고 다시 한 번 유지광의 목검이 바람을 갈랐다.

그리고 이번에도 역시 검로가 멋대로 비틀리는가 싶은 순간, 유지광은 돌연 오른발을 축으로 삼아서 전신을 팽이처럼 회전시켰다.

그러자 순식간에 기파를 머금은 목검의 잔영이 사방을 뒤덮었다.

하지만 이신이 그마저도 수월하게 막아냈다.

"쳇!"

그 모습에 실망한 듯 유지광은 살짝 혀를 내찼지만, 그와 별개로 재차 공격을 이어나갔다.

이에 이신은 유지광이 잠시 동안의 고민 끝에 내놓은 답이 뭔지 알 수 있었다.

'연환초식(連環招式)인가.'

상승의 묘리를 담은 검법일수록 정해진 초식만 익히는 것보다 그것을 상황에 맞게 초식을 새로이 짜 맞춰서 펼치는 연환초식의 묘리를 품게 마련이었다.

유지광은 바로 그 연환초식을 이용해서 이신에게 맞서고 있는 것이었다.

'제법이군.'

생각 외로 나쁘지 않은 선택이었다.

물론 지금의 유지광에게 있어서 연환초식 외에 이신을 공략할 수 있는 방법이 달리 없기도 했지만, 중요한 것은 유지광이 스스로의 힘만으로 답을 하나씩 찾아내기 시작했다는 사실이었다.

단순히 목적조차 모른 채 길을 헤매는 것과 목표를 향해서 걸어가는 것은 큰 차이가 있게 마련!

그만큼 유지광은 이신에게 자신의 모든 것을 하나도 남김없이 드러내고 있었다.

'그래도 부족해.'

그리 생각하는 순간, 수도 모양을 한 이신의 오른손에 희미한 광채가 맺혔다.

그 상태서 이신이 천천히 오른손을 아래로 내리긋는 순간, 대기가 파도가 출렁이듯 일렁였다.

그 모습을 본 유지광은 일순 소스라치게 놀라면서 옆으로 황급히 몸을 날렸다.

그리고……

콰르르르릉─! 콰광!

뇌성벽력이 치는 듯한 굉음과 함께 좀 전까지 유지광이 서 있던 자리에 깊은 고랑이 생겨났다.

마치 한 줄기의 벼락이 할퀴고 지나간 듯한 흔적처럼 보였다.

만약 유지광이 그 자리에 계속 서 있었다면 단숨에 몸이 두 동강나고 말았으리라.

그 사실을 깨닫자마자 유지광의 얼굴이 새파랗게 질려 버렸다.

'이, 이건 대련이 아니야!'

목숨이 오고가는 대련이라니.

이건 말만 대련이지, 숫제 생사결(生死決)이라고 봐도 무방하지 않은가?

이에 항의하려는 찰나, 유지광의 입이 거짓말처럼 다물어졌다.

이신이 실로 무심한 눈길로 자신을 내려다보고 있었기 때문이다.

어찌나 차갑고 냉혹하게 보이는지 유지광은 저도 모르게 등골이 오싹하면서 오금이 저려왔다.

'무, 무슨 사람 눈빛이……!'

그제야 유지광은 새삼 이신이 과거에 어디에서 무얼 하고 살아 왔는지가 궁금해졌다.

저런 눈빛은 평온한 삶을 살아온 자는 결코 가질 수 없는 것이라는 걸 직감적으로 깨달았기 때문이다.

그런 가운데, 이신이 말했다.

"왜 너의 공격이 하나도 통하지 않은 것인지 알고 있느냐?"

"……."

유지광은 아무런 대답도 할 수 없었다.

만약 이유를 알았다면 진즉에 이신에게 한 방 먹여도 먹였을 것이다.

한데 그러지를 못 했으니 어찌 말문을 열겠는가.

무거운 침묵이 흐르는 가운데, 이신의 말이 이어졌다.

"그건 바로 네 자신이 초식의 틀에 얽매여 있기 때문이다."

"초식의 틀… 이라고요?"

유지광의 얼굴이 일순 당혹감에 물들었다.

그도 그럴 게 이신이 지적한 부분은 미처 생각지도 못한 부분이었다.

그러니 당황하는 것도 무리는 아니었다.

그런 유지광의 반응은 아랑곳없이 이신의 말이 이어졌다.

"하지만 그보다 더 시급한 문제는 따로 있다."

"더 시급한 문제?"

단순히 초식의 틀에 얽매인 게 다가 아니란 말인가?

이어지는 이신의 말은 점입가경이었다.

"넌 스스로 유하검법을 제대로 이해하고 있다고 확신하느냐?"

"네? 그야 어느 정도는……."

짐짓 자신 없는 듯한 말투로 말하긴 했지만, 내심 유지광은 자신했다.

주화입마로 쓰러진 아버지 유정검을 제외하고는 자신보다 유하검법을 제대로 펼칠 수 있는 사람은 이 세상에 없을 거라고.

암만 그래도 명색이 유가장의 소가주가 아닌가?

그 정도 자신감은 충분히 가질 수 있었다.

그런 그의 내심을 꿰뚫어본 듯 이신은 의미심장한 미소를 머금었다.

"그래? 그럼 어디 한번 여기서 유하검법을 펼쳐 보겠느냐?"

"네? 지금 말입니까?"

"내가 너무 어려운 부탁을 하는 건가?"

물론 이신의 앞에서 유하검법을 펼치는 것 정도야 별반 어려운 일도 아니었다.

어차피 그의 무위라면 유하검법 정도가 눈에 찰 리도 만무했고, 설령 훔쳐 배운다고 한들 제대로 된 구결 없이는 그것은 어디까지나 초식의 형만 훔쳐 배운 것에 불과할 뿐이었으니까.

그럼에도 불구하고 단 한 가지, 앞서 이신이 했던 '스스로 유하검법을 제대로 이해하고 있다고 확신하느냐'는 말이 못내 마음에 걸렸다.

'혹시 형님은 내가 유하검법 자체를 잘못 이해하고 있다는 말을 하고 싶으신 건가?'

일순 그런 생각이 들었지만, 유지광은 이내 고개를 내저었다.

'아냐, 그건 너무 비약적이야.'

제아무리 이신의 무위가 대단하다고 한들, 그가 유하검법에 대해서 알게 된 것은 기껏해야 오늘 자신과의 비무를 통해서였다.

겨우 그 잠깐의 비무만 가지고 유지광의 유하검법이 잘못되고 말고의 여부를 판단할 수 있을 리 만무했다.

그런 유지광의 생각은 상식적으로 봤을 때, 다 맞는 말이었다.

물론 지난날 이신이 금와방에서 귀검 나부가 펼친 나선회운검의 진체를 한눈에 꿰뚫어봤다는 사실을 알았다면 이야기는 달라졌겠지만 말이다.

아무튼 그렇게 고민하는 것도 잠시, 유지광은 이내 쓴웃음을 머금었다.

'후우, 나도 참 생각이 많군. 그냥 형님을 믿도록 따르도록

하자. 어찌 되었든 간에 지금 형님께서는 나한테 도움을 주려고 하시는 거니까.'

그렇다면 더는 망설일 이유도, 의심할 필요도 없었다.

그저 자신이 이제까지 쌓아올린 노력의 산물을 이신의 앞에서 마음껏 펼쳐 보이면 될 뿐!

휙—

그 순간, 갑자기 뭔가가 그를 향해서 날아왔다.

엉겁결에 날아오는 물건을 받아든 유지광은 이내 그것이 자신의 애검이라는 것을 깨달았다.

'어느 틈에?'

아니, 그보다도 분명 장검은 자기 스스로 그를 향해서 날아왔다.

이는 다름 아닌 이신이 은연중에 펼친 격공섭물(隔空攝物)의 수법이었다.

격공섭물 그 자체도 놀랍지만, 더욱 놀라운 것은 이곳 뒷마당으로부터 별채에 있는 유지광의 방까지의 거리가 상당하다는 사실이었다.

바로 지척의 물건을 움직이는 것과 먼 거리에 있는 물건을 안 보고도 움직이는 것은 언뜻 비슷한 듯 하면서 엄연히 차원이 다른 경지였다.

그 사실을 알 턱이 없는 유지광은 그저 멍하니 수중의 애검과 이신을 번갈아 바라볼 따름이었다.

그러다 문득 들려오는 이신의 음성에 퍼뜩 정신을 차렸다.

"곧 있으면 해가 질 것 같구나."

'아, 이런…!'

이신의 말마따나 벌써 하늘 위로는 붉은 노을이 짙게 깔려 있었다.

금방이라도 해가 서산에 저물어도 전혀 이상하지 않은 상황.

더는 지체할 시간이 없다는 것을 깨달은 유지광은 서둘러 발검했다.

스릉—!

맑은 쇳소리와 함께 모습을 드러나는 검신.

그 위로 비치는 유지광의 얼굴은 딱 봐도 긴장한 기색이 역력했다.

하지만 그도 잠시, 이내 유지광은 진지한 얼굴로 천천히 검을 휘두르기 시작했다.

'강의 흐름은 파문과 함께 시작되나니……'

유하파문(流河波紋).

유하검법의 시작을 알리는 첫 번째 초식이자 기수식이었다.

과연 초식명 그대로 유지광의 검은 대기 중에서 한차례 파문을 일으켰고, 이윽고 파문은 검영의 물결로 화했다.

두 번째 초식, 유하표운(流河漂雲)이었다.

마치 구름이 흘러가듯 부드럽게 펼쳐지는 검영의 물결을 바라보는 이신의 두 눈에 일순 이채가 떠올랐다.

하지만 유지광은 유하검법을 제대로 펼치는 것에만 온통 정신이 팔려 있어서 미처 그런 이신의 변화를 눈치채지 못했다.

그렇게 나머지 유하검법의 초식까지 연달아 펼치고 난 다음에서야 유지광의 검은 멈추었다.

"하아, 하아―!"

이신과의 격렬한 비무 다음에 채 쉴 틈도 없이 한바탕 검무를 췄기 때문일까?

유지광의 거친 호흡은 쉬이 진정될 기미가 보이지 않았다. 뿐만 아니라 그의 온몸은 어느덧 땀에 흠뻑 젖어 있었다.

'후우, 도대체 이게 얼마만이지? 남이 보는 앞에서 유하검법을 펼쳤던 게?'

유일한 스승이자 아버지인 유정검이 아직 주화입마를 입기 직전일 때, 그의 앞에서 유하검법을 펼쳤던 것 외에는 아마도 이번에 이신 앞에서 펼치는 게 처음일 것이다.

거기다 혹여 실수하면 어쩌나 싶은 마음에 평소보다 한층 더 신경 써서 정성스레 펼쳤다.

그래서인지 모르겠지만, 유지광은 간만에 뭐라 말로 형용할 수 없는 충족감을 느꼈다. 그러면서 한편으로는 의아함을 감출 수 없었다.

'도대체 뭐가 문제란 거지?'

그가 펼친 유하검법의 초식들은 딱 봐도 잘못된 부분이 단

한 군데도 찾아 볼 수 없었다.

심지어 각 초식들 간의 연계도 충분히 자연스럽게 이어졌다.

굳이 한 가지 아쉬운 게 있다면 유하검법의 마지막 초식이자 절초인 유하만천(流河滿天)을 제대로 펼치지 못했다는 것 정도?

하지만 그건 엄연히 유지광의 능력 밖의 문제였다.

그도 그럴 게 유하만천을 펼치려면 최소한 이기상인의 경지에는 이르러야만 했고, 고로 현 시점에서는 유하만천을 펼치지 못 하는 게 정상이었다.

'그것 말고는 이렇다 할 문제점은 찾아볼 수 없는데…….'

바로 그때, 지금껏 조개마냥 굳게 다물고 있던 이신의 입이 문득 열렸다.

"역시 그렇군. 유하검법은 본래 이런 검법이었던 건가?"

"네……?"

뜬금없는 이신의 말에 의아해하는 것도 잠시, 곧 유지광의 얼굴이 굳어지기 시작했다.

'잠깐, 설마 지금의 검무만 보고 유하검법에 대해서 완전히 파악했다는 소리는 아니겠지?'

그게 사실이라면 이신은 괴물이었다. 아니면 천하제일의 사기꾼이거나.

내심 반신반의하는 가운데, 이어지는 이신의 말은 유지광은 더욱 당혹스럽게 만들었다.

"마지막으로 한 번만 더 유하검법을 펼쳐 보겠느냐?"

"다, 다시요?"

유지광의 반문에 이신은 한 치의 망설임 없이 고개를 끄덕였다.

"물론. 단, 이번에는 내가 됐다고 할 때까지 검법을 계속 반복해서 펼쳐야 한다."

"계속 반복하라고요?"

유하검법을 다시 펼치는 것도 모자라서 계속 반복해서 펼쳐야 한다니.

굳이 그렇게까지 해야 할 이유가 무엇이란 말인가?

설명을 바라는 무언의 시선을 보냈으나, 이신은 다시 입을 꾹 다물고 침묵했다.

말보다는 행동으로 직접 느끼라는 뜻이었다.

"끄응!"

이쯤 되자 유지광은 에라 모르겠다는 심정이 되었다.

'그래, 까짓것 초식이나 실컷 연마한다고 생각하자.'

비록 이신이 보는 앞이라는 게 걸리긴 했지만, 어차피 내친걸음이었다.

거기다 이미 한 차례 이신 앞에서 유하검법을 펼치지 않았던가. 처음 한 번이 어려울 뿐, 그다음부터는 그다지 어려울 것도 없었다.

유지광은 다시 유하검법의 초식을 차례대로 펼치기 시작했다.

하지만 막 그가 두 번째 초식인 유하표운을 펼치려고 하는 찰나였다.

쇄애애애액—!

갑자기 웬 돌멩이 하나가 날카로운 파공성과 함께 무시무시한 속도로 날아왔다.

"어, 어엇?"

갑작스러운 돌발 상황에 당황한 유지광은 반사적으로 날아오는 돌멩이를 피하면서 검을 휘둘렀다.

그러자 기존의 검로가 아닌 전혀 다른 검로와 자세로 유하표운의 초식이 펼쳐졌고, 일순 유지광의 표정이 묘하게 변했다.

'이, `이건?'

분명 기존과는 다른 검로와 자세였다.

한데 그 미세한 차이만으로도 아까 전보다 초식이 훨씬 자연스럽게 펼쳐진 듯한 느낌이었다.

아니, 실제로도 훨씬 더 자연스럽게 펼쳐졌다.

그런 변화를 몸소 체감하는 것도 잠시, 이번에도 다음 초식으로 넘어가려는 순간에 맞춰서 또다시 돌멩이가 날아왔다.

쇄애액—!

일순 검보다 먼저 나아가려던 유지광의 오른발이 멈칫하

였다.

그러자 이번에도 아까와 마찬가지로 훨씬 더 초식을 펼치는 게 자연스러워졌다.

그런 일이 여러 차례 반복되면 될수록 유지광은 점점 표정이 멍해졌다.

'이게 도대체… 무슨 일이지?'

분명 펼치는 초식 자체는 아까와 똑같았다.

하지만 돌멩이가 날아올 때마다 교정되는 검로와 자세, 그리고 보법만으로 그가 펼치는 유하검법은 이전과는 판이하게 달라졌다.

스스로도 체감할 수 있는 변화였다.

무엇보다 그가 가장 크게 느끼는 것은 이전에는 그저 부드럽게만 이어지던 유하검법의 초식들이 보다 생동감 있고 역동적인 흐름을 띄기 시작했다는 사실이다.

부드러운 가운데서도 간혹 가다가 격렬하게 바뀌는 부분도 있었고, 그 후에는 또 언제 그랬냐는 듯 태풍전야처럼 고요해졌다.

그러한 흐름은 유지광이 익히 잘 아는 무언가와 닮아 있었다.

장강(長江).

지금 그가 펼치는 유하검법은 무한의 포구로 이어지는 장강의 물결을 연상케 할 만큼 변화무쌍했다.

그리고 그와 함께 유지광은 깨달았다.

앞서 이신이 말했던 말이 무슨 의미인지를.

'아, 지금까지 나는 은연중에 강물의 흐름을 단순히 부드럽게 흐르는 것으로만 한정짓고 있었구나!'

강물의 흐름을 본뜬 검법.

그것이야말로 유하검법의 본질이거늘.

어찌 그 간단한 이치를 지금껏 잊고 있었단 말인가?

반성과 더불어서 그는 과거 아버지 유정검이 예전에 말해줬던 가르침들을 하나둘씩 떠올리기 시작했다.

그렇게 자신만의 세계로 빠져든 유지광의 모습을 이신은 내심 흡족한 얼굴로 바라봤다.

'이제야 자신의 문제점이 뭔지 깨달았군.'

이신이 유하검법에 대해서 잘 아는 것은 다름 아닌 유세화 덕분이었다.

자신에게 유지광을 맡겨 달라고 부탁하면서 그는 유세화에게 유가장의 무공에 대해서 집요하다 싶을 정도로 캐물었다.

그리고 유세화는 성심성의껏 자신이 아는 바를 모두 이신에게 말해줬고, 그걸 기반으로 이신은 유하검법이 추구하는 바에 대해서도 어느 정도 파악할 수 있었다.

물론 그 모든 것은 이신이 무림에 몇 안 되는 화경급 고수이기에 가능한 일이었다.

아래에서 올려다보는 것과 위에서 내려다보는 것에는 엄연히 차이가 존재하게 마련.

화경급 고수인 그였기에 지금껏 유가장의 무인들이 놓치거나 미처 간과하고 있던 부분들을 제대로 짚어낼 수 있었던 것이다.

어찌 보면 새로이 기둥을 세워준 거나 마찬가지였다.

앞으로 유가장이란 집단을 이끌어갈 유지광이라는 동량의 기둥을 말이다.

'그러고 보니 슬슬 이곳도 개축하긴 해야겠군.'

이신은 너무 낡아서 무너지거나 헐어버린 부분이 적잖은 운중장 이곳저곳을 돌아보면서 못마땅한 표정을 지었다.

'소호 이놈에게 부탁한 지가 언제인데, 왜 아직까지도 연락이 없는 거지?'

당분간 유지광을 단련시키기 위해서 장원의 개축을 위한 인근 목공을 고용하는 일은 모두 친구 장대호에게 일임한 상태였다.

무한 토박이인 그이니 개인적으로 잘 아는 목공 친구도 여럿 있다는 게 한몫했다.

하지만 이틀이 지나도록 그에게서 아무런 연락이 없다는 건 아무리 봐도 뭔가 이상했다.

'확인해 봐야겠군.'

그러려면 잠시 자리를 비워야 하는데, 이대로 유지광을 혼자 놔두고 가기는 조금 불안했다.

만약의 사태가 일어날 것을 대비해서 이신은 근처에 나뭇가지 몇 개를 주워들고는 유지광의 주변에다 꽂기 시작했다.

그러자 마지막 나뭇가지를 꽂는 것과 동시에 유지광의 모습이 곧장 시야에서 사라져 버렸다.

그야말로 귀신이 곡할 노릇.

하지만 무림에 대한 식견이 높은 자라면 대번에 알 터였다.

지금 이신이 펼친 것이 천둔진(天遁陣)이란 이름을 가진, 오직 은신만을 위한 목적으로 만들어진 기문진이라는 사실을.

혈영대 시절 우연찮게 익혀둔 재주였는데, 가르친 사람이 워낙 대단하다 보니 제법 쓸 만한 수준이었다.

'그 노인네, 아직도 살아 있으려나?'

문득 추억에 잠기는 것도 잠시, 이신은 곧 고개를 장원의 입구 쪽으로 돌렸다.

익숙한 인기척이 느껴졌기 때문이다.

"양반은 못 되는군."

이윽고 장내에 나타난 사람은 이신이 그렇게나 기다리던 장대호였다.

애당초 약속한 것보다 늦었기 때문인지 아니면 뭔가 다른 문제가 있어서인지 몰라도 장대호의 표정은 평소보다 썩 그리 밝지 않았다.

"문제가 생겼다, 소악귀."

"뭔 일인데?"

이신의 물음에 장대호는 분하다는 얼굴로 말했다.

"모두들 이 일에선 손 떼겠대."

"흐음, 금와방 때문인가."

그 외에는 달리 인근 목공들이 이신의 의뢰를 거절할 이유가 없었다.

"어쩌지?"

"어쩌긴. 인근에서 구할 수 없다면……."

이신은 말하다 말고 자신이 펼쳐둔 천둔진 쪽을 바라봤다.

그러자 그의 뇌리로 한 사람의 얼굴이 떠올랐고, 동시에 그의 입꼬리가 살짝 올라갔다.

"외부에서 데리고 오는 수밖에 없지."

第七章
정주검명(定主劍鳴)

"놈이 장원에서 나왔다고?"

무리하게 검기를 펼치면서 입은 내상 때문일까?

며칠 전보다 한층 핼쑥해진 얼굴의 금와방주는 나지막하게 속삭이듯 말했다.

그러자 그의 앞에 앉은 총관이 고개를 끄덕였다.

"네. 오늘 아침에 중원표국에 들러서는 전서 한 장을 보냈다고 합니다."

"흥, 역시 배후가 있었군."

이신이 폐가에 가까운 운중장을 매입한다고 했을 때, 금와방주는 그가 늦든 빠르든 장원의 수리를 위해서 목공을 고용할 거라고 생각했다.

그런데 만약 목공들이 피치 못할 사정으로 그의 의뢰를 거부한다면?

필시 무한이 아닌 다른 곳에다 도움을 요청할 것이다.

그리고 그것은 은연중에 금와방주로 하여금 복수를 꺼리게 만들었던 이신의 배후일 가능성이 높았다.

모든 게 자신의 생각대로 돌아간다고 여기면서 금와방주는 말했다.

"그래서, 전서의 목적지는?"

총관이 면목 없다는 얼굴로 말했다.

"그게 표국 측에서 의뢰인의 개인정보를 함부로 유출할 수는 없다는 이유로 입을 다무는 바람에 거기까지는 미처 알아내지 못했……."

쾅!

총관의 말이 채 끝나기 전에 금와방주는 탁자를 주먹으로 내려쳤다.

"저런, 건방진! 감히 본 방을 어찌 보고……!"

정작 가장 중요한 정보를 알아내지 못했기 때문일까?

아니꼽다는 표정과 함께 연신 씩씩거리는 금와방주였지만, 차마 중원표국을 압박하라는 말을 내뱉지는 못 했다.

그도 그럴 게 제아무리 천하의 금와방이라도 중원표국은 함부로 건드릴 수 없는 상대였기 때문이다.

비단 무한뿐만 아니라 전 무림에 지부를 두고 있을 만큼 중원표국의 규모는 방대했고, 그 성세는 여느 대문파와 비교해도 손색이 없을 지경이었다.

뿐만 아니라 금와방이 중원표국을 건드릴 수 없는 이유는 하나 더 있었다.

바로 중원표국이 가지고 있는 실질적인 힘, 즉 표두와 표사들 때문이었다.

제아무리 금와방이 무한의 상권을 독식한다고 한들, 따로 제자를 양성하지 않고 외부에서 무인을 고용하는 구조상, 자체적으로 보유할 수 있는 무력은 엄연히 한계가 있게 마련이었다.

반면 중원표국의 표사들은 웬만한 문파의 무사들과 비교해도 뒤지지 않는 무력을 자랑했고, 인원수도 금와방을 훌쩍 웃도는 수준이었다.

거기다 중원표국의 수뇌부에 속하는 자들은 표국 내에서 저마다 사승 관계를 맺는 경우도 많았기에 꾸준히 무력의 증강을 꾀할 수 있었다.

일례로 이곳 무한지부를 담당하는 추풍객(趨風客) 손열만 하더라도 중원표국의 총국주인 표왕 상우진의 셋째 제자였다.

일반적으로 알려진 표왕의 명성은 구대문파의 장문인과 견줄 정도라는 것을 감안하면, 그의 제자인 손열을 건드린다는 것은 무당파의 속가제자인 금와방주로서는 여간 부담스러운 일이 아닐 수 없었다.

덕분에 이신이 등장하기 전까지만 해도 손열은 금와방의 입김에서 유일하게 자유로운 자였다.

'아무리 그래도 그렇지. 설마 손 국주, 이 작자가……'

그래도 지금까지는 그럭저럭 어느 정도의 한도 내에선 자신들의 편의를 선뜻 봐주었던 중원표국이었다.

한데 뜬금없이 원리 원칙을 들먹이면서 자신들의 요청을 거절한다?

그게 무슨 의미인지 모를 만큼 금와방주는 바보가 아니었다.

'간을 보는 건가?'

얼마 전 금와방은 이신 한 명에 의해서 완전 초토화되고 말았다.

거기다 가장 알짜배기인 포목 사업체마저 유가장에게 넘겨줬다.

나머지 사업체에서 벌어들이는 수입으로는 현상 유지에도 급급했다. 금력으로 무력을 유지하던 금와방은 이제 무문(武門)으로서의 힘을 상실한 것이다.

그런 와중에 금와방을 작살낸 것으로 유력한 이신이 과거 정천무관 출신이라는 사실과 그가 조만간 무관을 차릴 거라는 소문이 은연중에 떠돌기 시작했다.

이에 아마도 손열은 당분간 중간에서 지켜보기로 결심한

것이리라.

금와방이 다시 원래의 성세를 회복할지, 아니면 그들의 빈 자리를 이신이 세운 무관이 대신 메꿀지를 말이다.

'어림없는 소리! 절대 이대로 무너질 수야 없지.'

그가 어떻게 일구고 가꾼 금와방이던가?

결코 자신의 대에서 망하게 할 수는 없었다.

거기다 금와방주는 은밀히 자신만 알고 있는 연락망을 통해서 부디 어떤 식으로든 지원해 달라고 본산에다 요청해 둔 상태였다.

이에 무당파 측에서 즉각 보낸 답장의 내용은 흡족하기 그지없었다.

―운검하산(雲劍下山).

운검자.

현 무당파를 대표하는 신진고수.

비록 금와방주는 직접 그를 본 적이 없지만, 그에 관한 소문은 익히 들었다.

그는 원래 사손 뻘임에도 무당파의 장문인이 무리해서 손수 그를 제자로 들일 만큼 뛰어난 재능의 소유자였다.

뿐만 아니라 약관을 갓 넘긴 나이에 다른 사숙들이나 사질들을 제치고 태극혜검의 전승자로 인정받아서 벌써부터 차기 무당제일인으로 내정된 상태기도 했다.

그야말로 무당파의 전 역사를 뒤져봐도 유례를 찾아볼 수 없을 만큼의 괴물이라는 소리였다.

그런 그를 무한으로 보낸다는 건 금와방의 일을 시작으로 해서 그에게 여러 가지 경험과 실적을 쌓도록 하기 위한 과정의 일환일 터.

비록 목적이 뭐든 간에 확실한 것은 그의 존재가 지금의 상황을 역전시키고도 남는 비책이라는 사실이었다.

힘의 격차를 알면서도 슬슬 이신을 견제하기 시작한 것도 바로 그 때문이었다.

금와방주의 두 눈에 스산한 기운이 번들거렸다.

'앞으로 열흘이다. 부디 그때까지 지금의 평화를 만끽하도록 해라.'

열흘 뒤.

그날이 되면 손열을 비롯한 모든 사람들이 알게 될 것이다.

무한의 진짜 주인이 누구인지를.

*　　　*　　　*

아침 일찍 중원표국에서 용무를 마친 이신은 곧장 장가철방으로 향했다.

첫날 무한에 도착한 뒤를 제외하고는 금와방이니 무관 문제니 하는 걸로 바빠서 장철만과 거의 이렇다 할 이야기도 나누지 못했기 때문이다.

물론 더욱 직접적인 이유는 어제 장대호가 한 말 때문이었다.

―아, 사부께서 그러시더라. 조만간 철방에 방문하라고. 오래전의 약속을 지킬 때가 왔대나 뭐래나. 아무튼 빠르면 빠를수록 좋다더라.

'약속이라.'

무려 십오 년 전의 약속.

이신조차 희미하게 잊고 있었던 약속을 장철만이 먼저 언급했다는 사실에 내심 놀랐다.

'숙부께서는 잊지 않으셨구나.'

그 말은 언젠가 이신이 그 약속을 지킬 날이 올 것이라고 은연중에 믿고 있었다는 소리이기도 했다.

아니, 약속보다는 이신이라는 사람 자체에 대한 믿음이 컸다는 게 보다 정확하리라.

그렇게 생각하자 괜스레 가슴이 뭉클해졌다. 유세화 때와는 또 다른 의미에서 감동이었다.

그러는 사이 그는 어느덧 장가철방 앞까지 당도했고, 규칙적으로 울리는 둔탁한 쇳소리가 귀를 간질였다.

하지만 안으로 들어서자 뜨거운 화로 앞에 앉아 있는 것은 뜻밖에도 장철만이 아닌 다른 사람이었다.

바로 이신의 친구, 장대호였다.

캉! 카앙―! 캉!

벌건 쇳덩이를 연신 두들기는데 집중하는 장대호의 모습은 평소와 달리 사뭇 진지하고 열의에 가득 차 있었다.

이신의 입 꼬리가 올라가면서 저도 모르게 흐뭇한 미소가 지어졌다.

'제대로 배웠군.'

비록 대장장이 일을 배우지는 않았다고 하지만, 그래도 어릴 적부터 장철만의 철방을 시도 때도 없이 들락거렸던 이신이었다.

서당 개 삼 년이면 풍월을 읊는다는 말이 있듯이 망치질 소리만 들어봐도 대충은 알 수 있었다.

장대호의 솜씨가 어지간한 철공은 못 따라갈 만큼 뛰어나다는 사실을.

거기다 망치질을 하는 내내 그는 행여나 화로의 불이 꺼지지 않게 만반의 주의를 기울이고 있었다.

철방 일에서 가장 중요한 것이 화로의 불 온도를 항상 균일하게 유지해야 하는 것임을 명확히 인지하고 있다는 증거였다.

그렇게 그가 열심히 일하는 모습을 묵묵히 바라보고 있을 때, 이신의 등 뒤로 구릿빛 피부의 중년인이 다가왔다.

"왔느냐?"

중년인, 장철만의 물음에 이신은 이미 그의 기척을 느낀 듯 별다른 놀란 기색 없이 그를 향해서 인사했다.

"강녕하셨습니까, 숙부."

인사에 대한 장철만의 반응은 말없이 고개를 끄덕이는 게 전부였다.

다소 무뚝뚝한 모습이었지만, 이신은 그다지 서운해하지 않았다.

이전이야 무려 십오 년만의 재회라서 그답지 않게 벅차오르는 감정을 겉으로 표현했을 뿐, 원래 장철만의 성격은 이처럼 무뚝뚝했다.

또한 그는 말을 돌려서 하지 않고, 곧바로 본론부터 말하는 편이었다.

지금 역시도 그랬다.

"따라오너라."

꼴랑 그 말 한마디만 남긴 채 장철만은 어딘가로 향했다.

이신은 군말 없이 그 뒤를 따라갔고, 곧 두 사람은 철방 한쪽에 위치한 집무실에 도착했다.

집무실 안은 실로 소박하기 그지없었다.

심지어 십오 년 전과 비교해도 의자의 위치 하나까지도 전혀 달라지 않았다.

　방 구조를 바꿀 시간에 차라리 망치질이라도 한 번 더 하는 게 낫다고 여기는 장철만의 성격을 고스란히 반영한 것 같았다.

　그리고 집무실 한가운데에 있는 탁자.

　그 위에 놓인 낡은 검갑을 보는 순간, 이신의 시선은 저도 모르게 거기에 못 박힌 듯 고정되었다.

　'저건?'

　이신은 검갑의 존재가 낯설지 않았다.

　그럴 수밖에 없었다.

　검갑의 겉면에 써진 유가장이라는 세 글자는 다름 아닌 그의 양부, 이극렬의 필체였으니까.

　마치 뭐에 홀린 사람인 양 이신이 막 검갑 위에다 손을 가져다대는 순간이었다.

　우우웅—!

　갑자기 기묘한 공명음과 함께 검갑이 저절로 떨리기 시작했다.

　정확히는 검갑 안에 들어 있는 장검이 자아내는 검명음(劍鳴音)이었다.

　마치 어서 빨리 자신을 검갑 안에서 꺼내달라고 칭얼대는 듯한 그 모습에 장철만은 너털웃음을 터뜨렸다.

　"허허헛, 그놈 참. 벌써부터 제 주인을 알아보는군."

"주인이라……."

신물(神物).

흔히 그리 불리는 물건들은 본래 사물로 태어났음에도 천지간의 우연한 조화로 영성(靈性)을 얻어 마치 살아 있는 생명처럼 주인을 가린다고 했다.

검갑 안에 들어 있는 장검 역시도 그러한 신물 중 하나였다.

장철만이 말했다.

"기억하느냐? 그날의 맹세를."

그의 물음에 이신을 대답 대신 고개를 천천히 끄덕였다.

어찌 기억하지 못하겠는가.

애당초 그가 무한을 떠나서 천하를 떠돌기로 한 것도 그날의 맹세 때문이 아니던가.

비록 종리찬의 제자가 되어 본의 아니게 마교에 투신하는 바람에 한참 시기가 늦어지고 말았지만, 그럼에도 그는 결국 이렇게 돌아왔다.

이제 남은 것은 맹세를 지키는 일뿐.

이신의 눈빛이 일순 강렬해지는 것을 지켜보는 것도 잠시, 장철만은 검갑의 뚜껑을 열었다.

그러자 일순 사위가 밝아지더니 곧 그 빛을 모두 갈무리한 순백의 장검 한 자루가 모습을 드러냈다.

얼마 전, 검붉은 녹이 잔뜩 슬어 있던 볼품없는 모습과는 확연히 달라진 모습!

하지만 변한 건 단순히 외관뿐만이 아니었다.

영호(英豪).

검신 한가운데에 초서로 음각되어 있는 두 개의 글자.

앞의 영 자는 예전과 똑같았으나. 반면 뒤의 호 자는 이전과 달랐다.

겨우 한 글자 차이임에도 '영웅을 보호하는 자(英護)'에서 '영웅호걸(英豪)'로 의미가 완전히 바뀌었다.

이신의 시선이 장철만에게로 향했다.

그 무언의 시선에 답하듯 장철만은 입을 열었다.

"네 선친이 그러더구나. 네가 음지가 아닌 양지로 나아가길 원한다고."

"⋯⋯!"

이신의 눈이 일순 찢어질 듯 커졌다,

그러더니 그의 고개가 천장 쪽으로 향했다.

'아버지⋯⋯!'

양부 이극렬과 이신.

둘 사이의 관계는 솔직히 좋다고 보기 어려웠다.

여느 부자처럼 살가운 것도 아녔고, 그렇다고 해서 마냥 무관심한 것도 아녔다.

그저 양자가 된 그날부터 어느 날 참다못해서 무한의 뒷골목으로 뛰쳐나갈 때까지 이신의 기억에 남아 있는 것은 오로지 수련, 또 수련이었다.

기실 이신이 어린 나이에 험난한 흑도 바닥에서 생존할 수 있었던 것도 이극렬으로부터 받은 가혹한 훈련 덕분이었다.

그는 뼈마디가 남보다 굵고 튼튼한 것은 물론이거니와, 여타 또래들 사이에선 찾기 어려운 독기와 근성마저 가지고 있었다.

오죽하면 소악귀라고 불리면서 어지간한 흑도 패거리들은 쉬이 그를 건드리지 못했을까?

하지만 이신은 결코 그것을 고마워하지 않고, 오히려 자신을 이렇게 만든 이극렬을 원망하고 증오하면서 하루하루를 보냈다.

그렇게 바깥으로 겉돌던 이신은 어느 날 유세화와의 우연한 만남을 통해서 자신의 잘못을 깨닫고, 또한 삶의 의미를 되찾게 되었다.

그러자 이극렬에 대한 원망도 처음보단 훨씬 누그러진 듯해서 수년 만에 다시 정천무관에 발을 들였다.

하지만 그런 그를 반긴 것은 이렇다 할 수련생 하나 없이 다 무너져 가는 무관과 병세가 악화할 대로 악화된 양부의 초라한 모습이었다.

알고 보니 이극렬은 오래전에 불치병 판정을 받은 상태였다.

그럼에도 그는 제대로 된 치료조차 받지 않은 채, 이신의 수련에만 매달렸다.

결과적으로 그것이 병마를 더 키우고 만 꼴이었다.

사실을 알게 된 이신은 울부짖으며 물었다.

왜 그랬냐고.

뭐 때문에 그리도 미련하게 군 것이냐고.

그리고 곧 알게 되었다.

이극렬이 어린 이신을 그리 가혹하게 몰아붙였던 이유가 무엇인지를.

*　　　*　　　*

한 남자가 있었다.

그의 이름은 유심운.

평범한 상가 출신이었으나, 그가 타고난 무재는 가히 타의 추종을 불허했다.

이에 유심운의 재능을 눈여겨 본 무당파에선 그를 속가제자로 받아들였으나, 안타깝게도 무당파로서도 온전히 그를 포용하기 어려웠다.

심지어 유심운은 기존 무당파에는 존재하지 않았던 새로운 검법마저 만들었다.

이를 고깝게 여긴 일대제자와 비무를 하게 되는데, 놀랍게도 겨우 십 초식 만에 무릎을 꿇게 만들었다.

하지만 무당파의 일부 장로들은 유심운이 기사멸조의 중죄를 범했다고 주장했고, 결국 이 사건으로 인하여 그는 파문당하고 말았다.

그렇게 고향에 돌아온 유심운은 사숙을 무릎 꿇렸던 자신의 검법을 가다듬어서 완성하니, 그것이 바로 유가장을 대표하는 상승검학인 유하검법이다.

완성된 유하검법의 위용은 무당파의 검법과 비교해도 전혀 뒤지지 않았다.

거기다 유심운은 우연히 멸문한 전진파의 심법을 얻게 되는 기연마저 얻게 되었는데, 그는 심법을 개량해서 유하검법에 맞는 유하심원공이라는 불세출의 신공마저 창안한다.

유하검법과 심원공을 바탕으로 숱한 강자를 겪은 유심운은 종래에는 무한 땅을 넘어서 호북 전체에까지 그 위명을 떨쳤다.

이에 그는 하나의 무가를 세웠으니, 그것이 바로 유가장이다.

하지만 당시 유가장은 신흥 강자에 가까운 터라 기존 세력들의 견제가 만만치 않았고, 그들이 보내는 살수에 시달리게 된 유심운은 곧 자신만의 수신호위(守身護衛)를 남몰래 두게 되었다.

영호검주(英護劍主).

정천무관의 관주라는 신분 뒤에 가려진 이극렬의 숨겨진 진면목이기도 했다.

처음 그 사실을 알았을 때, 이신은 내심 의아했다.

그도 그럴 게 이극렬의 말대로라면 영호검주가 다른 무엇보다 최우선시해야 하는 것은 가주의 안전이었고, 그러려면 항시 가주의 곁에 붙어 있지 않으면 안 되었다.

한데 이극렬은 당대 가주인 유정검의 곁에 붙어 있기는커녕 유가장 밖에서 따로 무관을 운영하고 있는 상황이 아닌가?

이에 이극렬은 말했다.

모든 게 전대 가주의 갑작스러운 죽음 때문에 벌어진 비극이라고.

—전대 영호검주께서는 자신이 모시던 전대 가주의 죽음을 막지 못하셨고, 이를 천추의 한으로 여기셨다. 종국에는 가주의 원수를 갚기 전까지는 절대 돌아오지 않겠다고 선언하기에 이르셨지.

그렇게 홀연히 가문을 떠난 전대 영호검주는 끝내 유가장으로 되돌아오지 못했다.

원수인 마두에게 당하고 만 것인지, 아니면 전대 가주와 마찬가지로 객사하고 만 것인지는 불분명했다.

그저 대대로 영호검주에게 전해지던 신물, 영호검만 은밀히 가문으로 돌아왔을 뿐이다.

이는 결과적으로 영호검주 고유의 무공이자 절학인 심형살검식(心形殺劍式)이 절전되고 마는 사태로까지 이어지고 말았다.

그런 상황에서 영호검주로서의 사명을 계속 수행한다는 것은 사실상 불가능한 일.

이에 이극렬은 유가장에 그대로 머물기 보다는 차라리 천하를 떠돌면서 혹여 전대 영호검주가 남겼을지도 모르는 심형살검식의 상승 구결을 되찾는 쪽을 택했다. 동시에 유가장에 남겨진 무공을 통해 상승 구결을 복원하는 작업도 병행했다.

그러기 위해서는 아무래도 운신이 자유로운 무관의 주인으로 위장하는 편이 나았다.

대신 그는 유정검의 지기로서 그의 곁을 줄곧 맴돌면서 호위로서의 임무를 계속 이어 나갔다.

하지만 그것은 어디까지나 임시방편에 불과했고, 그런 식의 호위에는 엄연히 한계가 있었다.

밀착해서 호위하는 것도 아니고, 단지 유가장 주변을 경계하는 것에 불과했으니까.

어떻게든 다른 방법을 찾지 않으면 안 되었다.

그 결과, 이극렬이 내놓은 해결책은 다름 아닌 자신의 후계자를 양성하여, 그에게 자신의 뒤를 이어서 전대 영호검주의 흔적을 찾게 하는 것이었다. 물론 상승 구결의 복원도 겸해서 말이다.

생판 남인 이신을 양자로 들인 결정적인 이유이기도 했다.

더욱이 이신은 처음 그가 생각했던 것 이상의 재능을 선보였다.

하나를 가르치면 열을 아는 탁월한 오성의 소유자까지는 아니었지만, 대신 그는 어떤 수련에도 쉬이 적응하는 무골의 소유자였으며 정신력 역시도 뭇 어른을 능가할 만큼 빼어났다.

그야말로 원석 중의 원석!

그러나 순조롭게 진행될 것만 같던 그의 계획에 뜻밖의 파탄이 찾아왔다.

바로 예의 불치병 판정이었다.

이대로 영호검주의 맥이 끊어지게 해선 안 된다는 절박함, 그리고 자신이 죽기 전에 하루라도 빨리 이신의 기초를 잘 다져 놓지 않으면 안 된다는 강박이 동시에 왔기 때문일까?

그는 하루가 다르게 이신을 채찍질하는 것도 모자라서 급기야 어른조차 버티기 어려울 만큼 고강도의 수련을 강요했다.

남들이 보면 미쳤다고 할 정도였다.

만약 이신이 그대로 계속 이극렬의 밑에서 수련했다면 그는 강해지기는커녕 도리어 몸만 망가진 채 폐인으로 전락했을 가능성이 높았다.

그도 그럴 게 제아무리 타고난 재능이 뛰어나다고 한들 그와 별개로 어린 육체가 받아들일 수 있는 수련의 강도에는 엄연히 한계가 있게 마련이었으니까.

어떤 의미에서 보자면 당시 이신의 판단은 지극히 현명했다고 봐야 했다.

그렇게 이신이 도주를 하고 난 다음에야 이극렬은 뒤늦게 자신의 잘못을 깨달았다.

그리고 밀려오는 스스로에 대한 혐오감과 자괴감에 차마 이신에게 돌아오란 말조차 할 수 없었다.

자신의 욕심 때문에 비록 피는 이어지지 않았지만, 그래도 하나밖에 없는 아들인 이신을 제 손으로 망가뜨릴 뻔했으니 어찌 안 그렇겠는가?

뒤늦게나마 이신이 그를 용서하고 다시 품안으로 돌아왔다는 사실이 오히려 미안할 따름이었다.

오죽하면 그가 사죄의 뜻으로 무릎까지 꿇으려고 하는 것을 이신이 억지로 말리느라 진땀을 빼야 할 정도였다.

그리도 고지식하고 미련한, 그러나 언제나 한결같고 책임감이 넘치던 양부였다.

최후에 남긴 유언에서마저 그런 그의 성격이 올곧이 묻어났다.

—부디 내가 죽은 다음에도 유가장을 지켜다오.

딱히 자신의 뒤를 이으란 말조차 하지 않았다.

오로지 유가장을 지켜달라는 게 이극렬이 이신에게 바라는 전부였다.

영호검주로서 후사를 도모하는 것이 그의 가장 큰 사명이었을 텐데도 불구하고 말이다.

당시에도 그런 이극렬의 유언을 의아하게 여겼지만, 이신은 그러마 하고 대답했다.

그리고 십오 년이 지난 오늘에서야 장철만의 입을 통해서 그의 진의를 온전히 알 수 있었다.

'아버지는 내가 영호검주의 의무에 마냥 속박되길 원치 않으셨구나.'

제아무리 본신의 실력이 뛰어나다고 한들 영호검주의 본질은 수신호위, 즉 어디까지나 음지의 존재에 불과할 뿐이다.

그리고 이신의 재능을 꿰뚫어 본 이극렬은 단순히 그가 음지의 존재로만 머물기를 원치 않았다.

때문에 유언 역시 유가장을 지켜달라는 선에서만 그쳤을 뿐, 굳이 이신에게 자신의 뒤를 이으라고 하지 않은 것이었다.

영호검의 글씨가 바뀐 것도 그래서였다.

장철만이 말했다.

"그날 너는 나한테 말했지. 아직 자신에게는 이 검을 이어받을 자격이 없다고."

뜻밖에도 장철만은 유일하게 이극렬의 정체에 대해서 알고 있는 사람이었다.

그도 그럴 게 그는 대대로 유가장에서 사용하는 검을 만들어온 장인의 후예였고, 뿐만 아니라 영호검주의 신물인 영호검을 만든 것도 그의 조상이었다.

본디 무인의 검에는 사용한 자의 무공에 대한 정보가 생각보다 많이 남아 있게 마련.

그렇다 보니 이극렬은 심형살검식의 상승구결을 복원하는 과정에서 본의 아니게 장철만의 도움을 받지 않을 수 없었다.

그것이 장철만이 이극렬의 정체를 알고 있는 이유였다.

그런 그에게서 이신은 그가 모르던 역대 영호검주의 활약 등에 대해서 상세하게 들었다.

그러자 기껏해야 무한 뒷골목의 소악귀에 불과한 자신이 그런 영호검주의 후손인 아버지의 검을 이어 받는다는 것은 가당치도 않다는 것을 깨달았다.

하물며 유가장을 지킨다는 것은 얼토당토하지 않는 소리였다.

이에 그는 장철만의 앞에서 맹세했다.

훗날 자신의 실력이 검을 이어받기에 합당하다고 여겨질 때, 이 검을 물려받겠다고.

그날의 맹세를 되새기던 이신은 순백의 장검, 영호검을 내려다보면서 골똘히 생각했다.

'정녕 이 검을 이어받을 만한 자격이 나한테 있을까?'

종리찬의 제자가 되어서 마교에 투신한 이후부터 지금까지 그야말로 뼈와 살을 깎는 나날의 연속이었다.

거기에 정마대전에서 무림맹주와 천사련주의 합공을 막아내는 놀라운 공적을 세워서 가당찮게 혈영사신이라고까지 불리는 명성마저 얻었다.

단순히 무력 면에서 넣고 보자면 자격은 이미 차고 넘친다고 봐야 했다.

하지만 그것은 어디까지나 정파인으로서가 아닌 마교의 무인으로서 이룬 업적에 불과했다.

그런 자신이 과연 아버지 이극렬을 비롯한 역대 영호검주들의 혼이 어린 이 검을 이어받을 자격이 있을까?

그 때문에 이신은 감히 눈앞의 영호검을 향해서 선뜻 손을 가져가기가 어려웠다.

이에 그런 그의 고민을 얼핏 눈치챈 걸까?

장철만이 갑자기 이신보다 먼저 영호검을 덥썩 집어 들었다.

이에 이신이 당황할 새도 없이 그를 향해서 검을 내밀면서 말했다.

"지난 십오 년간 네가 어디서 뭘 하고 왔는지 나는 잘 모르고 굳이 묻고 싶지도 않다. 하나 단 한 가지 사실만큼은 단언할 수 있지."

"……?"

"너는 자신과의 맹세를 지키고자 십오 년 만에 이곳에 되

돌아왔다. 실제로 유가장의 위기를 네 손으로 구함으로서 그것을 증명했지. 어디 내 말이 틀리더냐?"

"……!"

그 말에 이신은 정신이 번쩍 들었다.

그런 그의 반응에 힘입어 장철만의 말이 이어졌다.

"그리고 이 검은 이미 너를 주인으로 인정했다. 자고로……."

우우웅—

장철만의 말이 채 끝나기도 전에 영호검이 나지막하게 검명음을 터뜨렸다.

마치 장철만의 말이 옳다고 항변하기라도 하듯이.

이에 장철만은 의미심장한 미소를 지으면서 마저 말을 끝맺었다.

"검은 거짓말을 하지 않는 법이지."

"아……!"

직접 검을 만드는 장인으로서의 확신을 가지고 장철만이 하는 말이었다.

거기에 영호검의 검명음까지.

이에 이신은 더 이상의 고민은 무의미하다는 것을 깨달았다.

그는 장철만의 손에서 영호검을 조심스레 건네받았다.

그러자 장철만이 말했다.

"실은 그 검은 얼마 전에 다시 태어났다. 사람으로 치자면 아직 신생아에 가까운 상태라고 할까."

실제로 검의 골조를 완전히 새로 짜 맞췄고, 이름 역시도
바뀌었다.

온전히 이신만을 위해서 만든 검이라 해도 무방했다.

더욱이 영성을 가진 신물이기에 장철만조차 할 수 없는, 오
직 검의 주인만이 할 수 있는 딱 하나의 공정만이 남아 있는
상태였다.

기실 그 때문에 오늘 이신을 이곳으로 불렀다고 해도 과언
이 아니었다.

"검신에 너의 피를 먹여라. 그렇게 한다면 그 검은 완전히
너를 주인으로 인정할 것이다."

지금도 본능적으로 반쯤 이신을 주인으로 인정하고 있긴
했지만, 그래도 아직 완전한 것은 아니었다.

진정한 신물은 주인과 영적으로 항시 연결된 분신에 가까
운 존재.

그 영적인 매개체가 바로 주인의 피였다.

이에 이신은 한 치의 의심 없이 영호검의 검신에다 왼쪽 손
바닥을 곧장 그었다.

그 역시 마교에서 영호검과 같은 신물을 여럿 보았기에 장
철만의 말이 사실임을 잘 알고 있었고, 뭣보다 숙부인 장철만
이 자신에게 거짓을 말할 리 없다는 믿음이 존재하기에 가능
한 행동이었다.

주르륵—

흠뻑 핏물을 뒤집어쓰는 것도 잠시, 영호검은 얼마 지나지 않아서 거짓말처럼 이신의 피를 한줌도 남김없이 흡수했다.

그리고 이신은 곧 단전에 위치한 자신의 내력이 제 의지와 상관없이 꿈틀거리기 시작하더니, 곧장 수중의 영호검을 향해서 움직이는 것을 느꼈다.

이는 이신과 보다 한 몸이 되고 싶어 하는 영호검의 영성이 그의 내력을 자극한 것이었다.

본능적으로 그것을 깨달은 이신은 내력의 움직임을 강제하지 않고 그저 조용히 흐름을 관조했다.

그러자 이신의 내력을 연거푸 받아들인 영호검의 검신이 티 없이 맑은 순백에서 서서히 먹물이 번지는 것처럼 검게 물들기 시작했다.

이는 이신이 익힌 배화구륜공의 영향이었다.

그러나 완전히 검은색이 아니라 회색에 가까운 묵빛으로 그쳤다.

더욱이 희미한 광택마저 느껴지는 것이 한눈에 봐도 범상치 않아 보였다.

'이것이 나만의 검……!'

무인에게 있어서 애병의 존재는 더없이 크고 중요하다.

하물며 영호검은 그의 피와 내력을 온전히 받아들임으로써 신물을 넘어서 거의 영혼의 반신(半身)에 가까운 존재로까지

탈바꿈했다.

그 과정을 옆에서 하나도 빠짐없이 지켜본 장철만은 저도 모르게 몸을 부르르 떨어댔고, 심지어 눈가가 촉촉이 젖어들었다.

하긴 장인으로서 이보다 더 보람차고 감동적인 순간이 어디에 있겠는가?

끝내 닭똥 같은 눈물을 흘리면서 그는 천장을 올려다봤다.

'이보게, 렬이! 그 위에서 지켜보고 있는가? 자네의 아들이 얼마나 성장했는지를.'

우우우우우우웅—!

그리고 얼마 지나지 않아 영호검의 검명음이 철방 전체로 울려 퍼졌다.

마치 자신의 새로운 주인의 탄생을 만천하에 알리듯이 말이다.

*　　　*　　　*

"응?"

민머리의 중년인은 저도 모르게 고개를 뒤로 돌렸다.

공교롭게도 그가 바라보는 방향의 끝에는 장가철방이 위치해 있었다.

물론 육안으로는 볼 수 없을 만큼 멀리 떨어져 있었기에 중년인은 자신이 느낀 것이 진짜인지 아닌지 확신하기 어려웠다.

'이상하군. 이런 곳에 그가 있을 리 없을 텐데……'

멈춰 선 채로 고개를 갸웃거리는 중년인, 그런 그의 모습에 뒤에서 졸졸 따라가던 수십 명의 사내 중 유독 튀어 보이는 비단옷 차림의 청년이 의아한 얼굴로 말했다.

"왜 그러십니까, 노사?"

"…흐음, 그냥 기분 탓인가."

청년의 물음은 무시한 채 중년인은 남들이 알 수 없는 혼잣말을 연신 중얼거렸다.

이에 청년, 금와방의 막내공자 능위군은 순간 울컥했지만, 애써 속으로 분을 삭였다.

눈앞의 중년인은 능위군으로서는 감히 측량할 수조차 없을 만큼 아득한 실력의 고수였다.

실제 나이보다 한참 어려 보이는 외모도 외모지만, 무엇보다도 지난날 금와방이 비정상적일 정도로 빠르게 성장할 수 있었던 것은 다름 아닌 바로 민머리 중년인 때문이라고 해도 과언이 아니었으니까.

염라수(閻邏手) 막도길.

섬뜩한 별호에서 짐작할 수 있듯이 그는 사람의 목숨을 앗아가는 데 전혀 망설임이 없는 자였다.

뿐만 아니라 무공 역시도 뛰어나서 처음 그가 나타났을 때,

무한에서 그의 적수는 아예 찾아볼 수 없었다.

이에 금와방주는 그를 이용해서 무수히 많은 정적을 은밀히 처리해 왔고, 덕분에 금와방은 단시간에 무한제일의 세력으로까지 불리게 되었다.

문제는 이후 막도길에 대한 처우였는데, 금와방주는 그의 존재를 대놓고 드러내길 꺼려했다.

명확히 알 수 없는 막도길의 출신 성분, 그리고 그의 잔혹한 손속 때문에 자칫 금와방의 앞길에 장해가 되지 않을까 싶어서였다.

그렇다고 해서 마냥 버리기엔 막도길의 실력 등이 매우 아까웠다.

그야말로 계륵 같은 존재라고 할까?

다행인 것은 막도길은 금와방주가 특별히 마련해 준 장원에서 금의호식하면서 지내는 것에 어느 정도 만족하고 있다는 것이었다.

막도길 정도의 실력자가 뭐가 아쉬워서 자신보다 약한 금와방주의 아래에 있는 건지 알 수 없었으나, 아무튼 능위군의 입장에선 행운이었다.

바로 지척에서 이신을 상대할 만한 고수를 구할 수 있었으니까.

하지만 원체 성격이 잔혹하고 제멋대로인 자라서 능위군은 확인차 조심스레 말했다.

"막 노사, 설마 이제 와서 저와의 약속을 잊으신 건 아니겠지요?"

"약속?"

막도길의 시선이 처음으로 능위군에게로 향했다.

그 순간, 그의 전신에서 절대적이라는 표현에 걸맞은 기세가 마구 분출되기 시작했다.

"크윽!"

막도길의 신형에서 흘러나온 기세에 고스란히 노출된 능위군.

불과 수 초도 버티지 못하고 그는 모래성이 허물어지듯 바닥에 주저앉고 말았다.

갑작스러운 상황에 다른 이들은 어쩔 줄 몰라 할 뿐, 감히 능위군과 막도길 사이로 끼어들지는 않았다.

격이 다른 존재 혹은 괴물.

그들의 뇌리에는 어느새 막도길은 그렇게 인식되고 있었다.

모두가 쩔쩔매는 가운데, 같잖다는 표정을 한 채로 막도길은 말했다.

"아이야, 건방 떨지 마라. 노부가 누구인지 벌써 잊은 것이냐?"

"이, 잊을 리가 이, 있겠습니까……?"

능위군은 두려움이 가득한 눈으로 막도길을 올려다보면서 말을 이었다.

"저, 저의 사, 사부님이자 자, 장차 본 방의 태, 태상장로가 되, 되실 분이 아니십니까?"

그렇다.

능위군이 막도길을 다시 세상 밖으로 끌어내기 위해서 내건 조건이 바로 금와방의 태상장로 자리였다.

그것은 지금까지 금와방주와의 수직 관계에서 탈피할 수 있는 절호의 기회였다.

물론 그러기 위해선 제자로 받아들인 능위군이 금와방의 차기 후계자 자리를 꿰차야 하지만, 그건 그리 어려운 일도 아니었다.

막도길의 무공을 전수받는다면 능위군의 입지는 몰라볼 정도로 커질 테니까.

어찌 되었든 두 사람은 이제 한 배를 탄 몸이라 할 수 있었다.

능위군의 대답이 마음에 들었는지 막도길은 수족을 움직이듯 기세를 거둬들였다.

대번에 한결 살 것 같다는 얼굴을 한 능위군의 귓가로 막도길의 음성이 들려왔다.

"이번 한 번만큼은 용서하겠다. 그러나 만약 이후로도 또다시 노부를 의심한다면, 그때는 결코 이 정도로 끝내지 않을 것이다. 내 말 알겠느냐?"

"며, 명심하겠습니다!"

능위군은 감히 막도길과 눈을 마주하지 못한 채로 고개를 미친 듯이 끄덕였다.

그러는 한편으로 막도길 몰래 속으로 이를 바득 갈았다.

'망할 노친네, 두고 보자. 내가 다음 대 방주가 되고 네놈의 무공만 완전히 다 전수받는다면 그때는 꼭……!'

그렇게 능위군이 남모를 결의를 하는 사이, 막도길의 고개가 정면으로 향했다.

"그나저나 저곳인가? 감히 노부의 제자를 건드린 놈이 있다는 곳이."

막도길의 시선.

그 끝에는 폐장원, 운중장이 보란 듯이 자리해 있었다.

第八章
지광출수(至廣出手)

　이신이 새로운 애검을 얻은 그 시각, 유지광은 한참 고민에
빠져 있었다.

　달리기 수련은 일찌감치 끝마친 듯 온몸이 땀에 흠뻑 젖어
서 무복이 척 달라붙었지만, 수욕은커녕 옷조차 벗어던지지
않고 있었다.

　지금도 그는 아침에 이신이 했던 말을 계속 되뇌고 있었다.

　─유하검법의 마지막 초식, 유하만천은 하나의 초식이되 하나
가 아니다.

하나이되 하나가 아니다.

도대체 그게 무슨 의미일까?

당최 뜬구름 잡는 소리에 가까워서 유지광은 그 뜻이 무엇인지 좀체 종잡을 수조차 없었다.

거기에 이신이 덧붙이듯 말했다.

─그게 무슨 의미인지 스스로 깨닫는다면, 너는 이기상인의 경지에 들지 않더라도 유하만천을 펼칠 수 있게 될 것이다.

이기상인의 경지에 들지 않아도 유하만천을 펼칠 수 있다니!

그야말로 유지광으로선 생각지도 못한 일이었고, 정말로 그럴 수만 있다면 그의 유하검법은 새로운 경지에 도달할 것이다.

문제는 그러기 위해선 앞서 이신이 했던 말이 무슨 뜻인지 스스로 깨달아야 한다는 것이었다.

때문에 유지광은 내내 온종일 그에 관한 생각에 여념 없었지만, 좀체 원하는 답은 찾을 수 없었다.

'후우, 답답하군.'

유지광은 엄연히 유가장의 소가주였다.

그런 그가 외인인 이신보다 유가장의 무학에 대한 이해도가 떨어지다니.

실로 한심하기 짝이 없는 일이었지만, 지난날 유하검법에 대한 유지광의 이해도가 비약적으로 상승한 게 엄연히 이신의 도움 덕분이라는 걸 생각하면 크게 자책할 일이라고 보기도 어려웠다.

오히려 고마워해야 마땅했다.

그로 하여금 또다시 다음 단계에 나아갈 수 있는 계기를 은연중에 마련해 주고 있었으니까.

"하나이되 하나가 아니다……."

그렇게 유지광은 뭔가에 홀린 사람처럼 연신 그 말만 되뇌길 반복할 때였다.

쾅—!

갑자기 뭔가 부서지는 듯한 소음이 들려왔다. 소리가 들려온 방향은 다름 아닌 대문 쪽.

물론 이신이나 장대호가 이런 식으로 거칠게 대문을 열리만무했다.

뜻밖의 상황에 당황하는 것도 잠시, 유지광은 점점 가까워지는 발걸음 소리에 서둘러 뒤뜰의 수풀 사이로 몸을 숨겼다.

'웬 놈들이지?'

혹여 인근의 화적떼라도 쳐들어온 게 아닌가 싶었지만, 이내 고개를 내저었다.

딱 봐도 운중장의 외견은 음산한 폐가 그 자체라서 도적질을 하기엔 적절치 않았다.

그럼 도대체 운중장에 들어선 저 불청객들의 정체는 뭐란 말인가?

바로 그때, 가장 선두에 서 있는 인물을 보자마자 유지광은 자신의 눈을 차마 의심하지 않을 수 없었다.

'저자는!'

그는 다름 아닌 유지광이 얼마 전까지 몸담고 있던 청검대의 동료 중 한 명인 강유였다.

언제나 바늘에 실 따라가듯 능위군의 뒤만 졸졸 따라다니던 그가 어찌 이곳에 나타난 거란 말인가?

'가만, 설마?'

불길한 예감은 언제나 맞아떨어진다고 했던가?

얼마 지나지 않아 한 청년이 뒷짐을 진 채로 장내에 모습을 드러냈다.

그를 보는 순간, 유지광의 얼굴이 저도 모르게 일그러졌다.

'능위군!'

어째서 능위군이 이 자리에 나타났느냐에 대한 의문보다 지난날 이화반점에서의 일들이 먼저 유지광의 뇌리에서 상기되었다.

그때 그는 누이 유세화의 강제혼약을 막기는커녕, 오히려 그것을 앞당기기 위한 인질로서 능위군 일당에게 끌려갈 판국이었다.

천만다행으로 이신 덕분에 무사히 사태를 넘기긴 했지만,

그렇다고 해서 그때 느꼈던 무력감과 수치심 등이 기억에서 쉽사리 사라지는 건 아니었다.

아니, 오히려 잊어서는 안 되었다.

언젠가 고스란히 되갚아주지 않으면 안 되는 빚이었으니까.

그렇게 유지광은 애써 흥분을 가라앉히면서 상황을 지켜보는 가운데, 능위군이 입을 열었다.

"여기가 확실한 거냐?"

누구에게 묻는 건지 모를 그의 물음에 강유가 얼른 옆으로 다가와서 답했다.

"옙! 분명 오늘 아침에 이곳에서 그 괴… 아, 아니 그 빌어먹을 놈이 나오는 것을 확인했습니다."

"그래? 흐음, 그렇다면 유가 놈도 분명 여기 어딘가에 있다는 소리인데……."

능위군이 말끝을 흐리기 무섭게 강유가 주변 장한들을 향해서 눈을 부라리며 외쳤다.

"주변을 샅샅이 뒤져라! 놈은 분명 이 안에 있다!"

강유의 외침이 떨어지기 무섭게 장한들이 장원 곳곳을 뒤지기 시작했다.

그 모습을 지켜보는 능위군의 눈에서 일순 서늘한 광망이 떠올랐다가 사라졌다.

그 모습이 마치 먹잇감을 노리는 뱀을 연상케 했는데, 그것만 봐도 그가 이곳 운중장을 방문한 목적이 뭔지 대충은 알 수 있었다.

복수.

유지광이 지난날 이화반점에서의 일을 못 잊는 것처럼 능위군 역시도 그날 겪었던 치욕을 뇌리에서 잊지 못하고 있었다.

더군다나 그는 은혜는 안 갚아도, 원한은 무슨 일이 있어도 꼭 되갚고 마는 성격의 소유자였다.

때문에 어떤 식으로든 행동에 나설 거라고 여기긴 했지만, 설마 이렇게 대놓고 습격해 올 줄이야.

'이상하군.'

아무리 봐도 장내의 장한들은 금와방 소속의 무인들로는 안 보였다.

금와방은 엄연히 무림의 단체이니만큼 그곳에 소속된 무인들 역시도 나름대로 질서정연하면서 규율도 딱 잡혀 있었다.

하지만 저들은 태도가 하나같이 방만하기 그지없고, 심지어 복장이나 무기도 제각각이었다.

그러다 개중 민소매 차림을 한 장한의 오른쪽 팔뚝에 새겨진 검은색 까마귀 문신이 문득 유지광의 눈에 들어왔다.

'저 문신은?'

언젠가 들어본 적이 있었다.

무한의 여러 흑도 패거리 가운데 한곳이 저와 같은 표식을 사용하고 있다는 사실을.

흑오당(黑烏黨).

오래전부터 무한에 자리 잡은 용역 단체로, 포구에서의 노동 외에도 정당한 대가만 치른다면 어떤 청부도 가리지 않고 받아들이는 걸로 유명했다.

개중에는 남들에게 직접 말하기 뭐할 만큼 더러운 일도 적지 않은 터라 말만 용역 단체일 뿐, 실제로는 거의 흑도 패거리라고 봐도 무방했다.

유지광도 그런 흑오당의 악명에 대해서는 익히 잘 알고 있었다.

'능위군이 끌어들인 건가?'

그가 가진 재력이라면 충분히 흑오당 무리들 정도는 쉬이 고용하고도 남았다.

그럼에도 유지광은 의아함을 감출 수 없었다.

'왜지?'

능위군의 신분과 지위라면 굳이 외부에서 사람을 고용할 필요 없이 금와방의 무인들을 이용하면 그만이었다.

한데 그는 그렇게 하지 않았다.

그것이 의미하는 바는 하나뿐이었다.

바로 이번 일이 금와방과는 무관하게 진행되는 걸지도 모른다는 사실이었다.

그도 그럴 게 이신의 무위는 하늘과 땅 차이라는 말도 무색할 만치 자신들과는 아예 격이 다른 수준이었다.

실제로 그는 혼자서 하룻밤 만에 금와방을 뒤집어엎었다고 하지 않던가?

심지어 최고 고수인 금와방주마저 이신에게 처참하게 패하고 말았으니, 미치지 않고서야 그들이 대놓고 이신을 향해서 칼을 뽑을 리 만무했다.

당연히 능위군 혼자 독단적으로 벌이는 일이라고밖에는 볼 수 없었다.

'도대체 뭘 믿고 저러는 거지?'

비록 능위군이 안하무인에다 제멋대로 행동하는 작자이긴 했지만, 그래도 이 정도까지 사리분별을 못하는 사람도 아니었다.

뭔가 단단히 믿는 구석이 없지 않은 이상에는 이런 짓을 벌일 리 없었다.

바로 그때, 유지광의 등 뒤에서 낯선 음성이 들려왔다.

"이런 곳에 쥐새끼가 숨어 있었군."

"……!"

어느새 그의 등 뒤에 뒷짐을 진 채로 서 있는 민머리 중년인.

다름 아닌 염라수 막도길이었다.

갑작스러운 그의 등장에 놀라는 것도 잠시, 유지광의 고개가 부러질 듯한 기세로 옆으로 휙 꺾였다.

그러자,

부웅—!

한 줄기의 묵직한 권격이 유지광의 왼쪽 볼가를 스치듯 지나갔다.

쾅—!

뒤이어 들려온 굉음과 함께 장원의 담벼락 일부가 와르르 무너져 내렸다.

고개를 원위치시키는 유지광의 얼굴이 어느덧 창백해졌다.

'크, 큰일 날 뻔했다……!'

조금 전의 결과는 어디까지나 운이었다.

근래 이신과의 비무로 그의 속도에 익숙해진 상태였기에 망정이지, 안 그랬으면 날아오는 권격에 제대로 반응조차 하지 못했을 것이다.

'만약 조금만 반응하는 게 느렸어도…….'

권격에 의해서 박살 나는 것은 담벼락이 아닌 유지광의 머리통이었을 것이다.

그렇게 유지광이 아연실색하고 있을 때, 막도길이 불쾌한 표정으로 말했다.

"피해? 감히 노부의 공격을 네놈 따위가?"

비록 전력을 다하지 않았다고 하지만, 그래도 그 정도면 충분히 유지광 정도는 일격에 격살할 수 있다고 내심 자신했었다.

한데 그런 자신의 공격을 유지광 따위가 피하다니.

그 자체만으로도 막도길에게는 실로 치욕스러운 일이었다.

'건방진!'

흉신악살처럼 얼굴이 일그러지는 것도 잠시, 막도길의 신형이 순식간에 유지광의 시야에서 사라졌다.

'어디로……!'

서둘러 검을 뽑아 들고 사라진 막도길을 찾으려고 감각을 곤두세웠지만, 유지광의 솜씨로는 역부족이었다.

그것을 증명하듯 유지광이 미처 인식하기도 전에 막도길의 신형이 코앞에서 나타났다.

그리고,

퍼억―!

미처 검을 휘두르기도 전에 둔탁한 타격음과 함께 허공으로 붕 떠오르는 유지광!

쏜살처럼 아랫배에 작렬한 막도길의 발질길이 낳은 결과였다.

내장이 한꺼번에 터져 나갈 듯한 고통 앞에 유지광은 의식이 다 혼미해지는 것을 느꼈다.

'뭐, 뭐 이런 무지막지한……!'

특별한 초식 같은 게 아닌, 그저 평범한 발길질에 불과했다.

그저 그 안에 실린 힘과 속도가 유지광의 인지를 초월할 만큼 어마어마할 따름이었다.

반쯤 감겨진 유지광의 시야로 막도길의 사악한 미소가 희미하게 들어왔다.

"호오, 용케 정신 줄을 놓지 않았구나. 그럼 어디 이것도 버틸 수 있나 볼까?"

말이 끝나기 무섭게 유지광의 옆구리에 작렬하는 막도길의 주먹!

빠각—!

"크아아아아아악—!"

둔탁한 격타음과 함께 유지광의 입에서 끔찍한 비명성이 터져 나왔다.

간간이 입술을 타고 흘러나오는 핏물은 딱 봐도 시뻘건 것이 내상의 징후가 강하게 엿보였다.

퍼퍼퍼퍽—!

그 후로도 막도길의 단순무식한 구타는 계속되었고, 시간이 지날수록 유지광의 몸은 몰라볼 정도로 만신창이가 되어 갔다.

쓰러지지 않은 게 용할 지경이랄까.

사실 그것은 유지광의 맷집이 유달리 좋다기보다는 막도길이 고의로 손속에 사정을 두고 있기 때문이었다.

만약 그가 그럴 마음만 있었다면, 유지광은 진즉에 목숨을 잃고도 남았을 터.

누가 봐도 힘 있는 강자가 자신보다 약한 자를 가지고 노는 것으로밖에는 안 보였다.

그 모습을 지켜보는 흑오당의 장한들, 그리고 능위군의 얼굴에는 하나같이 질린 기색이 역력했다.

'심하군.'

차라리 죽이려면 단번에 죽일 것이지, 저렇게 고양이가 쥐 새끼를 가지고 놀듯이 농락하는 이유가 뭐란 말인가?

그때 의식을 거의 반쯤 놓아버린 유지광의 멱살을 막도길이 거칠게 붙잡았다.

"쯔쯔쯧, 벌써 망가져 버렸나? 생각보다 영 부실한 장난감이로고."

아무렇지 않게 멀쩡한 사람을 장난감 취급하는 것도 모자라서 그는 유지광의 얼굴을 기분 나쁘게 툭툭 치면서 말했다.

"이거 실망이로군. 소가주란 놈이 겨우 이 정도밖에 안 되다니. 천하의 유가장도 이젠 다됐군."

그때였다.

힘없이 대롱대롱 매달려 있던 유지광이 문득 입을 열었다.

"…과해……."

"응?"

"…사과하라고. 나, 나는 몰라도… 보, 본 가를… 우, 우습게 여, 여기지 마아……!"

"호오?"

몸은 일찌감치 만신창이가 되었거늘.

유지광은 막도길이 유가장을 얕잡아 보기 무섭게 기적적으로 의식을 회복했다.

제아무리 손속에 사정을 뒀다지만, 막도길의 입장에서도 이건 꽤나 의외의 일이었다.

'생각보다 내공의 기초가 탄탄하다는 건가?'

내공의 기초가 탄탄하다는 것은 단순히 진기의 양이 많다 적다를 떠나서 내부의 장기나 기혈 등도 잘 단련되었다는 소리.

과연 썩어도 준치라고 유지광의 기초는 명가의 후손답게 제법 탄탄한 편이었다.

거기다 이 와중에도 유지광은 손에서 검을 놓지 않았다.

불굴의 투지라는 말이 절로 생각났다.

'재미있군. 이대로 죽여 버리긴 좀 아까운데?'

막도길은 살짝 고민에 찬 표정이었다가, 이내 곧 해맑은 표정을 지었다.

"좋아, 그렇다면 간단하게 여흥이라도 즐기도록 할까?"

"……?"

여흥이라니.

갑자기 웬 뚱딴지같은 소리인가 싶어 지켜보는 찰나, 막도길은 유지광을 숫제 부서진 물건 던지듯 바닥에다 냅다 내동댕이쳤다.

"크윽!"

등허리가 부서질 듯한 고통 앞에 저도 모르게 신음성을 터뜨리는 유지광.

그러거나 말거나 막도길은 대뜸 능위군의 곁으로 다가가서
말했다.

"선수 교대다. 노부 대신 저놈과 싸우도록."

"제, 제가 말입니까?"

능위군은 일순 갈등하는 표정을 지었다. 동시에 유지광에게
로 향하는 그의 시선.

부들부들 떨면서 간신히 자리에서 일어나는 유지광의 모습
은 최악 그 자체였다. 누가 툭 건드리기만 해도 쓰러질 것 같
았다.

아무리 유지광에 대한 감정이 좋지 않은 그였지만, 그렇다
고 해서 그를 죽일 마음까지는 없었다.

거기다 명색이 그도 정파인이었다.

이미 반쯤 명줄을 놓은 거나 마찬가지인 상대에게 마저 손
을 쓴다는 것은 꽤나 꺼림칙한 일이었다.

그렇게 망설이는 가운데, 문득 막도길이 지나가듯 한마디
툭 내던졌다.

"노부의 제자가 되기 싫은 것이냐?"

"……!"

그 한마디에 능위군의 눈에서 갈등이 사라졌다. 동시에 그
의 눈빛이 변했다.

스릉—!

한 치의 망설임 없이 검을 뽑아 드는 능위군.

새하얀 검신 위로 얼음장처럼 차가워진 능위군의 옆얼굴이 비쳐졌다.

그는 유지광을 바라보면서 중얼거렸다.

"굳이 이럴 생각까진 아니었지만 하는 수 없지. 네 운이 여기까지라고 생각해라, 지광."

말을 마치기 무섭게 바닥을 박차고 쇄도하는 능위군!

쏜살같이 바람을 가르는 그의 검에 속절없이 유지광의 목이 달아난다고 느껴질 때였다.

[정면을 향해서 유하파문, 이어서 유하표운.]

"……!"

귓가에 울리는 한 줄기 음성과 함께 유지광의 눈이 번쩍 뜨였다.

캉!

동시에 날아오던 능위군의 검을 냅다 쳐 내는 유지광.

겉보기에는 평범한 가로 베기처럼 보이지만, 그것은 다름 아닌 유하검법의 제일초식이자 기수식인 유하파문이었다.

거기서 그치지 않고 유지광의 검은 이윽고 제이초식인 유하표운의 구결대로 검광의 파도를 부드럽게 펼쳐 내기 시작했다.

"아닛!"

설마 저런 만신창이 상태에서 연달아 초식을 펼치다니.

능위군은 물론이거니와 장내의 중인들은 하나같이 놀람을 감추지 못했다.

하지만 놀람도 잠시, 능위군은 이내 보법만으로 날아오는 검광의 파도를 피하면서 말했다.

"무모하군. 설마 진짜로 나한테 이기려고 하는 건 아니겠지?"

비록 불굴의 의지로 반격에 나선 건 칭찬받아 마땅하지만, 그게 다였다.

안 그래도 능위군보다 다소 실력이 떨어지는 유지광이었다.

하물며 현재 그의 몸 상태는 최악.

그 증거로 그가 펼치는 유하표운의 초식은 평소보다 예리함이 많이 떨어져 있었다.

안됐지만, 객관적으로 봐도 승산은 거의 없다고 봐야 했다.

"기껏해야 죽음이 뒤로 연기되었을 뿐이다! 순순히 운명을 받아들이라고!"

그런 능위군의 냉정한 지적은 들은 체 만 체하면서 유지광은 오직 초식을 펼치는 데에만 전념했다.

'조금 전의 전음은 분명 이신 형님이었어.'

처음엔 환청이 아닌가 싶었지만, 그렇다고 보기엔 너무 정확하게 유하검법의 초식명을 연달아 언급했다.

유가장의 식솔 외에 유하검법에 대해서 정통한 이는 오로지 이신뿐이었다.

'혼자가 아니야. 형님이 지켜보고 계셔!'

유지광에게 있어서 이신이란 이 세상에서 자신의 가족 이외에 유일하게 믿고 기댈 수 있는 존재이자 동경하는 대상이었다.

당연히 그의 존재를 인식하는 것만으로도 그는 심리적으로 크게 안정되면서, 점차 여유를 되찾았다.

그리고 그것은 고스란히 그가 전개하는 유하검법의 초식에도 반영되었다.

캉!

"으음!"

능위군의 입에서 저도 모르게 신음성이 흘러나왔다.

맞받아친 유지광의 검이 생각 이상으로 묵직했기 때문이다.

'뭐지? 분명 전과 똑같은 유하검법인데……'

아직 유지광이 청검대에 몸담고 있던 시절, 비무를 통해서 몸소 유하검법을 접한 바 있는 능위군이었다.

그때 느낀 유하검법에 대한 인상은 부드럽고 심심한 검법이라는 것 정도?

한데 그때의 경험이 전부 소용없을 만큼 지금 유지광이 펼치는 유하검법은 기존에 능위군이 알던 것과 판이하게 달랐다.

우선 검광의 파도가 부드럽게 이어지는 것 자체는 이전과 똑같지만, 좀 전에도 느꼈듯이 검에 실린 무게가 장난이 아니었다.

마치 기존의 초식에다 중검의 묘리를 절묘하게 섞은 것 같다고 할까.

더욱 기가 막힌 것은 검광의 파도가 돌연 꽃잎처럼 사방으로 흩뿌려지면서 능위군의 주변을 촘촘하게 둘러싸기 시작했다는 사실이다.

유하검법의 제삼초식, 유하난화.

제이초식에서 제삼초식으로의 자연스러운 연환이었다.

물론 예의 전음을 듣자마자 펼친 것이었지만, 설마 이렇게까지 초식간의 연계가 자연스럽게 이루어질 줄은 스스로도 미처 예상하지 못했다.

'이런 식으로도 연계가 가능한 거였구나.'

유지광은 얼마 전 이신에 의해서 자신의 무공에 대해서 새로이 개안한 상태였다.

지금은 그 깨달음을 머릿속으로 하나둘 정리하는 중이었는데, 공교롭게도 이 시점에서 그 깨달음을 몸소 구현해 볼 수 있는 적당한 상대를 만났다.

실전보다 더 좋은 스승은 없게 마련.

유지광은 따로 전음이 들려오지 않음에도 알아서 유하검법의 초식을 처음부터 끝까지 마음껏 펼치기 시작했다.

'이 초식이 이래서 이런 의미였구나. 지금은… 으음! 이럴 때는 오히려 진기의 흐름을 강제해선 안 되는군. 후우, 하마터면

큰일 날 뻔했어.'

물론 종종 실수를 하거나 예기치 못한 반격에 당하는 경우도 있었지만, 그럼에도 유지광은 주춤하거나 검을 멈추지는 않았다.

오히려 실수를 밑바탕 삼아 자신이 미처 모르고 있던 초식의 군더더기나 허점을 덜어내는 데 주력했다.

그러기를 여러 번 반복하자 유지광의 유하검법은 처음에 비해서 훨씬 간결하면서 빈틈이 없어졌다.

실전을 통해서 한층 더 발전하고 있는 것이었다.

뿐만 아니라 유지광은 초식의 운용이 간결해질수록 단전에 자리한 심원공의 기운 역시도 이전보다 운용하는 게 편해지는 것을 느꼈다.

가령 전에는 십의 내력으로 가능했던 초식이 지금은 고작 이삼 정도로도 가능하다고 할까?

이건 미처 예상치 못한 성과였다.

거기다 실전에서 연환초식을 사용하는 것도 한결 능숙해졌다.

이쯤 되자 시간이 지날수록 수세에 몰리는 것은 오히려 능위군 쪽이었다.

"이, 이런 말도 안 되는……!"

자신이 밀리다니.

그것도 고작 유지광 따위를 상대로!

'인정할 수 없어!'

능위군의 두 눈에 전에 없던 살기가 번들거렸다.

동시에 그의 신형이 여러 개로 나뉘기 시작했다. 귀검 나부의 절기 중 하나인 분영살보였다.

거기서 그치지 않고, 그의 장검이 수중에서 빠르게 나선 모양으로 회전하기 시작했다.

위이잉―!

맹렬하게 장검이 회전하는 가운데, 살기에 물든 능위군이 시선이 유지광에게로 향했다.

'모든 게 네놈 때문이다!'

이제까지 원하는 모든 것을 손에 넣어 온 인생, 그것이 지난날까지 능위군의 삶이었다. 하지만 그랬던 것이 한순간의 실수로 뒤바뀌고 말았다.

바로 이화반점에서의 일!

분명 유지광이라는 떨거지를 납치하면 끝나는 아주 간단한 일이었다. 한데 이신이라는 괴물과 연관되면서 모든 게 엉망진창이 되고 말았다.

심지어 언제까지고 기세등등할 줄 알았던 가문마저 이신에 의해서 박살 나고 말았다.

거기다 자신을 바라보는 아버지 능치산의 시선도 이전과 달리 차갑기 그지없었다.

이에 능위군은 이 모든 것의 원인이 바로 유지광 때문이라고 생각했다. 애당초 그만 아니었다면 이신과 연관될 일 자체가 없을 것이었기 때문이다.

물론 말도 안 되는 생각이었다.

어차피 유지광의 일이 아니었다고 하더라도 이신은 어떤 식으로든 금와방을 박살 냈을 것이다.

감히 그의 연인인 유세화의 가문인 유가장을 배신하고 모든 실리를 챙긴 것도 모자라서 강제혼담까지 진행한 곳이 금와방이었으니까.

거기다 이신의 신분은 당대 영호검주가 아니던가?

늦든 이르든 금와방의 운명은 바뀌지 않았을 것이다.

오히려 탓하려면 이신을 탓해야 맞았다.

하지만 그러기에는 이신의 실력이 감히 능위군으로선 측량하기도 못할 만큼 엄청났기에 대신 상대적으로 만만한 유지광에게 모든 책임을 떠넘긴 것에 불과했다.

유지광 입장에서 보자면 억울하기 그지없었지만, 애당초 능위군은 남을 배려할 줄 모르는 이기적인 인간이었다.

"죽어랏!!"

쩌저정—!

외침과 함께 회전이 극에 이른 장검이 뇌성벽력과 같은 요란한 굉음을 터뜨렸다.

동시에 한 줄기의 섬전으로 화해서 날아가는 능위군의 신형!

나선회운검의 절초, 회운비폭전(回雲飛爆電)이었다.

능위군은 그야말로 이 한수에 모든 것을 다 걸었다고 해도 과언이 아니었다.

유지광도 은연중에 그걸 느낀 듯 얼굴에 살짝 긴장의 기색이 엿보이었지만, 곧 다부지게 자세를 고쳐 잡았다.

바로 그때였다.

[강물의 흐름은 하나이되 하나가 아니다.]

'……!'

갑자기 들려오는 이신의 전음!

그 말에 유지광의 얼굴이 일순 멍해졌다.

'강물의 흐름? 하나이되 하나가 아니다?'

[잊지 마라. 유하검법의 핵심 요체는 강의 흐름에 빗댄 초식 간의 변화무쌍한 연계에 있다는 사실을.]

'변화무쌍한 초식의 연계… 연환초식?'

순간 유지광의 눈이 번쩍 뜨였다.

조금 전에 펼쳤던 유화표운에서 유하난화로의 연계!

'혹시 하나이되 하나의 초식이 아니라는 뜻은……?'

유지광의 표정이 일순 밝아졌다.

지금까지 잡힐 듯 말 듯 하던 그 무언가가 마침내 손아귀에 들어온 듯한 느낌!

유지광은 저도 모르게 읊조리듯 속삭였다.

"강의 흐름은 미약한 파문과 함께 시작되나니……."

동시에 그는 검을 중단세로 잡으면서 오른발을 앞으로 내밀었다.

유하검법의 기수식이자 제일초식 유하파문이었다.

이윽고 눈부신 검광과 함께 유지광의 신형이 정면으로 쇄도했다.

'어리석은 놈!'

앞으로 뛰쳐나오는 유지광의 모습을 보면서 능위군은 대놓고 조소를 머금었다.

그가 펼친 회운비폭전은 직접 검법을 전수한 귀검도 인정할 만큼 완성도가 높았다.

대신 위력이 지나칠 정도로 강해서 능위군 스스로도 그것을 제어하기 어렵다는 단점이 있었지만, 그건 아무래도 상관없었다.

어차피 유지광을 상대로 굳이 손대중을 할 필요는 없었고, 오히려 이번 한 수로 그의 목숨을 거둘 수 있다면 그거야말로 금상첨화였으니까.

하지만 회운비폭전에 대한 그의 믿음은 이어지는 유지광의 읊조림과 함께 흔들리기 시작했다.

"파문은 물결이 되어 구름처럼 흘러가니……."

능위군의 앞을 구름처럼 넘실거리는 검광의 파도가 막아섰다.

제이초식 유화표운이었다.

처음에는 코웃음치고 무시하려고 한 능위군이었으나, 곧이어 검광은 여러 겹으로 중첩되어서 두터운 방벽을 이루기 시작했다.

흡사 검막을 연상케 하는 방호력!

덕분에 그 무엇도 꿰뚫을 수 있다고 내심 자신했던 회운비폭전은 허망하게 막히고 말았다.

"뭣?"

능위군이 경악했다.

설마 유지광이 회운비폭전을 막아내다니. 그것도 유하검법의 초식으로 말이다.

물론 겉보기와 달리 유지광이 아예 손해를 입지 않은 것은 아니었다.

비록 막아내긴 했지만, 회운비폭전을 막으면서 생긴 반탄력이 그의 내부를 거침없이 진탕시켰다.

'크윽!'

유지광은 식도를 타고 올라오는 핏물을 억지로 되삼켰다.

'크윽! 조, 조금만 더⋯⋯! 이제 조금만 더 하면⋯⋯!'

간신히 붙잡은 깨달음.

그것을 마저 이어나가야 한다는 강한 의지가 유지광으로 하여금 고통마저 참아내게 만들었다.

유지광은 남몰래 이를 악물면서 다시 읊조림을 이어나갔다.

"…흘러가는 물결 위로 꽃잎이 어지럽게 나부끼고."

검광의 파도는 곧이어 새하얀 검화로 화해서 사방 가득 흩뿌려졌다.

제삼초식, 유하난화였다.

"크윽!"

능위군은 서둘러 쏟아지는 검화를 막으려고 했지만, 그러기엔 날아오는 검화의 개수가 너무 많았다.

한마디로 중과부적의 상황!

결국 검화는 그의 몸을 사정없이 할퀴고 지나갔고, 얼마 지나지 않아 그의 몸은 금세 피투성이가 되었다.

'도대체, 도대체 지금 무슨 일이 벌어지고 있는 거야?'

지금 유지광은 뭔가를 하고 있었다.

아니, 정확히는 그의 내부에서 뭔가 커다란 변화가 일어나고 있었다.

예의 의미 모를 읊조림과 함께 전개되는 유하검법의 초식들이 그걸 증명했다.

그러면서 깨달았다.

이대로 계속 유지광의 행동을 묵과했다간, 이내 돌이킬 수 없는 일이 벌어지고 말 거라는 것을.

'어서 반격을……!'

하나 막상 공격을 하려고 하자 아까 전까지만 해도 바로 앞에 있던 유지광의 모습이 보이지 않았다.

'어느새!'

놀란 얼굴로 능위군이 서둘러 사방을 살피고 있을 때, 등 뒤에서 나지막한 음성이 들려왔다.

"꽃잎으로 가득 채워진 수면 위로……."

읊조림과 동시에 유지광의 검이 빠르게 바람을 갈랐다.

하지만 이번에는 능위군은 나름 대비를 하고 있었는지 재빨리 등 뒤를 향해서 검을 휘둘렀다.

그렇게 처음으로 유지광의 공격이 막히나 싶을 때였다.

"…돌연 한 마리 곤어(鯤漁)가 뛰어오르도다."

갑자기 이어지는 유지광의 음성!

동시에 일직선으로 날아오던 유지광의 검이 돌연 위로 튕겨져 올라갔다.

"아닛!"

제사초식 유하탄곤의 생각지 못한 변화에 당황한 능위군은 뒤늦게 검로를 바꾸려고 했지만, 그러기엔 이미 늦었다.

결국 철판교의 수법을 펼쳐서 아슬아슬하게 공격을 피했으나, 완전히 다 피하지는 못한 듯 천조각이 찢어지는 소리와 함께 그의 가슴팍에 기다란 검상이 남고 말았다.

'제, 제길!!'

사정없이 일그러지는 능위군의 얼굴.

그에 아랑곳없이 유지광은 다시금 읊조림을 이어나갔다.

"그리하여 물결은 자신을 가로막는 천년암석마저 꿰뚫나

니……."

능위군의 왼쪽 쇄골 아래에 위치한 중부혈(中府穴)을 향해서 나아가는 유지광의 검.

조금 전과 달리 일체의 변화가 없는 정직한 찌르기, 유하검법의 제오초식인 유하암천(流河巖穿)이었다.

하지만 평범해 보이는 초식의 형과 달리 유지광의 검끝에는 어느덧 희미한 청광이 어려져 있었다.

내기발현(內氣發現).

그것은 이기상인으로 들어서는 문턱에 발을 들였다는 증거이자 일류의 경지에 들어섰다는 의미이기도 했다.

급기야 청광은 검신 전체에 물들었고, 그걸 본 능위군의 눈이 찢어질 듯 커졌다.

'거, 검기?'

검기.

그것은 각자 따로 놀던 초식과 내기의 흐름이 하나가 되어야지만 비로소 이룰 수 있는 경지, 이른바 이기상인의 경지에 오른 자만 쓸 수 있다는 힘의 산물!

그 말은 즉 유지광이 무의식중에 일류의 벽을 넘는 것도 모자라서 절정의 문턱에까지 발을 들였다는 소리이기도 했다.

당연히 능위군이 경악하는 것도 무리는 아니었다.

'마, 말도 안 돼! 어떻게 저놈 따위가 검기를……!'

이 무슨 말도 안 되는 일이란 말인가?

기껏해야 이류도 안 되는 실력의 유지광 따위가 어찌 자신의 아버지인 능치산조차 겨우 펼치는 검기를 펼칠 수 있단 말인가?

믿을 수 없다는 표정도 잠시, 이내 능위군은 저도 모르게 말을 더듬거리면서 외쳤다.

"사, 사술(邪術)! 그, 그래, 사술이다! 이건 사술이야! 사술이라고!"

그렇게밖에 생각할 수 없었다.

그때 유지광의 시선이 그에게로 향했다.

"헉!"

한참 발광하던 능위군은 유지광과 눈을 마주치기 무섭게 급살이라도 맞은 것처럼 몸을 부르르 떨어댔다.

행여 유지광의 검기가 자신에게로 향하면 어쩌나 하는 불안감과 공포가 그의 전신을 지배했다.

그런 가운데 유지광이 입을 열었다.

"물결은 변화의 소용돌이로 화해서……

검끝에 어렸던 검기가 이윽고 한 줄기 소용돌이로 화했다.

소용돌이는 능위군의 주변을 가득 채웠고, 그 속에서 발생하는 무형의 압력에 짓눌린 능위군은 무력하게 신음성만 토해낼 따름이었다.

순식간에 기수식인 유하파문으로부터 제육초식, 유하와선(流河渦旋)까지 연달아 거침없이 펼쳐낸 유지광.

이제 그는 더 이상 능위군 따위에게 전혀 신경 쓰지 않았다.

그는 오로지 지금 자신의 머릿속을 가득 채우고 있는 유하검법에 대한 깨달음을 검무로 펼치는 것에 주력할 따름이었다.

초식을 펼치는 내내 그를 괴롭히던 육신의 고통마저 잊은지 오래였다.

그렇게 이제 제칠초식이자 마지막 초식, 유하만천을 남겨둔 가운데 막도길이 나지막하게 중얼거렸다.

"위험하군."

그의 눈에는 보였다.

유지광의 검끝에서 비롯된 검기의 소용돌이가 심상치 않은 변화를 보이는 것을.

마치 터지기 일보 직전인 돼지 방광을 보는 듯 하달까.

확실한 것은 저게 그대로 터진다면 필시 엄청난 후폭풍이 몰아칠 것이고, 거기에 능위군이 휘말린다면 십중팔구 죽음을 면치 못할 것이다.

'그건 곤란하지.'

능위군은 의뢰주임과 동시에 자신의 제자로 예정된 자였다.

더욱이 이후 금와방과의 관계를 생각해서라도 그가 죽도록 가만히 놔둘 수는 없는 노릇이었다. 정확히는 능위군의 아버지, 금와방주 능치산에게 빚을 지워둘 목적이었지만 말이다.

'그럼 어디⋯⋯.'

막도길이 막 움직이려고 할 때였다.

[거기까지.]

"⋯⋯!"

한줄기 전음과 함께 거짓말처럼 막도길의 몸이 제자리에서 얼어붙듯 멈췄다.

'뭐, 뭐지, 이건?'

마치 눈에 보이지 않는 거인의 손이 위에서 그를 내리누르는 듯한 압박감!

점차 막도길의 몸이 아래로 허물어지기 시작하더니 급기야 무릎이 땅에 닿았다.

서둘러 내공을 일으켜서 거기에 저항하려고 했지만, 전부 헛수고로 끝날 뿐이었다.

'이, 이런 말도 안 되는⋯⋯!'

이해할 수 없는 상황 앞에 막도길의 얼굴이 경악으로 물들었다.

그런 가운데, 예의 전음이 이어졌다.

[잠시만 그렇게 있으라고. 다 끝나면 천천히, 아주 천천히 이야기할 테니까.]

"크윽⋯⋯!"

신음성과 함께 막도길의 얼굴이 일그러졌다.

그러는 사이, 검기의 소용돌이는 마침내 극에 달했고, 유지광은 천천히 입술을 달싹였다.

"…마침내 강물은 대해에 이르러 하늘마저 가득 채우도다!"

그러면서 거침없이 아래로 검을 내리긋는 유지광!

쿠과과과과광!

동시에 천지가 개벽하는 듯한 굉음과 함께 온 세상이 푸른 색의 검기로 물들었다.

유하검법의 마지막 초식, 유하만천의 위용이었다.

유지광의 바로 앞에 서 있던 능위군은 그대로 검기의 폭포에 집어삼켜졌고, 주변의 흑오당 장한들도 덩달아 휘말렸다.

"으아아아악!"

"크으으윽!"

비명성과 함께 흑오당 장한들은 갈기갈기 찢어진 채로 죽음을 맞이했다.

평소의 유지광이라면 이 정도까지 과하게 손을 쓰지 않았을 테지만, 지금 그는 깨달음의 열락에 빠져 있기에 그런 현실을 미처 인지하지 못했다.

'이것이 유하만천……'

하나이되 하나가 아닌 초식, 그 말의 진의는 바로 유하검법 자체가 하나의 연환초식으로 화할 수 있다는 뜻이었다.

그 정수가 바로 마지막 초식인 유하만천이었다.

용케 그것을 자력으로 깨달았다는 것만으로도 칭찬받아 마땅했지만, 유지광이 깨달은 것은 그것뿐만이 아니었다.

'유하검법은… 여기서 끝이 아니야.'

예전에는 몰랐지만, 마지막 초식인 유하만천을 펼쳤기에 비로소 알 수 있는 사실이었다.

유하만천의 초식은 유하검법의 끝이 아니었다.

오히려 지금부터가 진짜 시작이라 해도 과언이 아녔다.

그와 동시에 검기의 폭포 속에 휘말리기 직전, 멍한 눈빛을 한 채로 능위군이 뭔가를 중얼거렸던 게 떠올랐다.

'왜… 이 정도… 데도…….'

뜨문뜨문 이어졌던 능위군의 음성은 알아듣기 어려웠지만, 유지광은 어렴풋이 그가 무슨 말을 하고 싶었는지 알 것 같았다.

'왜 이 정도의 무공이 있는데도, 그동안 남들한테 무시당하면서 살아온 거냐!'

당연하다면 당연한 의문이었다.

유지광은 쓴웃음을 머금은 채로 속삭였다.

"나도… 그것이 의문이오."

덕분에 궁금해졌다.

유하검법을 만든 자가 누구인지. 그리고 유하검법의 한계가 어디까지인지.

그러다 문득 뇌리를 스치고 지나가는 생각.

'혹시 전대 가주께서 미처 전하지 못했다는 상승구결이…….'

하지만 유지광의 생각은 더 이상 이어지지 않았다.

"크윽……!"

몸이 성치 않은 가운데서 필요 이상으로 무리를 했기 때문일까?

아니면 본래 자신의 경지를 넘어선 검기를 잠시나마 사용한 대가인 것일까?

유지광은 온몸이 물먹은 솜처럼 무거워짐과 동시에 급속히 밀려오는 피로에 의해서 제 의지와 상관없이 눈꺼풀이 내려가는 것을 느꼈다.

그렇게 유지광의 의식은 급속도로 수마(睡魔)에 잠식당해 갔고, 의식을 잃기 바로 직전에 누군가가 그의 등을 떠받쳐 줬다.

그 손길이 편안하면서 든든하다고 느낄 때, 그 음성은 들려왔다.

"수고했다. 뒤는 나한테 맡겨라."

그 뒤에도 뭐라고 하는 것 같았지만, 그 이상은 기억나지 않았다.

다만 그 말을 듣는 순간, 유지광의 입꼬리가 저도 모르게 살짝 올라갈 뿐이었다.

몹시 만족스럽다는 표정과 함께 말이다.

'탈진했나.'

자신의 품 안에서 축 늘어져 버린 유지광을 이신은 사뭇 어처구니가 없다는 시선으로 바라봤다.

'진짜 실전 속에서 깨달음을 얻다니. 설마 이것마저 사 조장과 비슷할 줄이야.'

혈영대의 사조장, 고영천은 평상시의 수련을 통해서 하나둘씩 쌓아올렸던 것들을 위험천만한 실전 중에 깨달음으로 승화시키는 부류의 무인이었다.

싸우면 싸울수록 더욱 강해진다고 할까?

그런 그의 전례가 있다 보니 혹시나 싶어서 유지광으로 하여금 혹독한 실전을 겪도록 일부러 유도한 것이었는데, 설마 이 정도까지 딱 맞아떨어질 줄이야.

아무튼 이로써 유지광이 그토록 염원하던 유하검법의 대성을 이루었으니 그것만으로도 충분히 소기의 성과는 거두었다고 봐야 했다.

물론 아직 상황이 다 완전히 끝나지는 않았지만 말이다.

"자, 그럼 이제 자잘한 걸 정리해 볼까?"

이윽고 주변을 둘러보자 유지광이 펼친 유하만천에 의해서 초토화된 운중장의 몰골이 여실히 눈에 들어왔다.

'그나저나 지광이 이놈도 참 주변 생각을 안 하는 녀석이군.'

제아무리 차후 보수 작업을 할 예정이었다고 하지만, 깨달음에 빠져서 장원의 삼분지 일가량을 홀라당 박살 내버리다니.

이 정도의 피해라면 차라리 전부 다 헐어버리고 아예 새로 장원을 세우는 편이 더 나을 듯했다.

'뭐 처음부터 그럴 생각이긴 했으니까, 오히려 일거리가 줄어서 잘된 거려나?'

그 외에도 검기의 소용돌이가 휩쓸고 간 흔적들이 곳곳에 남아 있었는데, 개중에는 처참한 시체로 화한 흑오당 장한들의 모습도 보였다.

이신은 아무런 감정도 느껴지지 않는 싸늘한 눈빛으로 그들을 내려다봤다.

그들 딴에야 억울하게 말려들고 말았다고 호소할 수도 있겠지만, 애당초 그들도 지금껏 돈을 위해서 사람의 목숨마저 가벼이 빼앗아왔지 않은가.

어찌 보자면 이런 식의 최후는 자업자득이라고 볼 수도 있었다.

이신은 그들에게서 시선을 거두고, 유지광을 평평한 곳에다 조심스레 눕혀 놨다.

그리고 이신의 고개가 한쪽에 얼어붙은 채로 서 있는 막도길에게로 향했다.

그와 시선을 마주하기 무섭게 막도길은 마치 한겨울의 사시나무처럼 몸을 파르르 떨었다.

'크윽, 도대체 내 몸이 왜 이러는 거지?'

작금의 상황을 막도길은 도저히 이해할 수 없었다.

고작해야 자신의 절반도 채 살지 않은 애송이를 상대로 이토록 공포를 느끼다니.

더욱 기가 막힌 것은 이신으로부터 공포를 느끼면서도 정작 그것이 무엇으로부터 비롯된 것인지 전혀 알 수 없다는 사실이었다.

자신을 뛰어넘는 무력? 아니면 마치 무기물을 바라보듯 싸늘하면서 냉정한 시선?

둘 다 아니었다.

그런 외부적인 요인이 아닌 이신의 내부 깊숙한 곳에 존재하는 본질적인 그 무언가가 막도길로 하여금 위축되게 만들고 있었다.

도대체 그게 뭘까 고민하는 가운데, 이신의 입이 불쑥 열렸다.

"늙은이, 우선 한 가지만 물어보도록 하지."

"뭐, 뭘 말이냐?"

"당신, 아니 너……."

이신은 한차례 말을 멈춘 뒤 막도길을 바라봤다.

그 순간, 이신의 몸에서 기세가 폭발적으로 터져 나오기 시작했다.

일전에 금와방에서 무형지기를 펼쳤을 때도 놀라웠지만, 지금의 것은 차원이 달랐다.

그 증거로 이신이 기세를 발출하기 무섭게 주변의 사물들이 저절로 허공에 떠올랐고, 심지어 대지는 지진이라도 일어난 것처럼 흔들렸다.

한낱 기세만으로 이 정도의 현상을 일으키다니.

눈으로 보고도 쉬이 믿기지 않았다.

그런 이신의 기세에 고스란히 노출된 막도길의 얼굴이 삽시간에 일그러졌다.

하지만 그의 얼굴이 일그러진 것은 단순히 이신의 기세가 엄청나기 때문만은 아니었다.

'이, 이 기운은……!'

기세 속에서 자연히 섞여서 흘러나오는 기운.

그것은 막도길에게 너무나 친숙하면서 익숙한 것이었고, 그렇기 때문에 그는 더더욱 지금의 상황을 전혀 이해할 수 없었다.

'도, 도대체 저놈이 누구기에……?'

그제야 이신의 정체가 뭔지 궁금해지는 막도길이었다.

하지만 그가 미처 입을 열기도 전에 이신이 아까 전에 못다한 말을 마저 이었다.

"마교 출신, 맞지?"

"……!"

이신의 말이 채 끝나기도 전에 막도길은 있는 대로 눈을 부릅뜸과 동시에 지면을 박찼다.

파팟!

쏜살처럼 뒤로 날아가는 막도길의 신형!.

그 솜씨는 실로 놀라워서 눈 깜짝할 새에 시야에서 사라질 정도였다.

그러나 정작 이신은 별반 당황하는 기색이 아니었다.

그는 물끄러미 막도길이 사라진 방향을 바라보면서 중얼거렸다.

"…알아서 자리를 옮기다니. 배려심이 넘치는 교도님이로군."

이신은 제자리에서 한번 발을 굴렸다.

그러자,

쿠―웅!

한 차례 진각음과 함께 이신의 신형이 허깨비처럼 사라졌다.

그리고 조금 전까지 그가 서 있던 자리에는 어느덧 움푹 파인 구덩이 하나가 덩그러니 남아 있었다.

第九章
염마(炎魔)

'이건 뭔가 잘못되었어!'

막도길은 좀 전에 마주한 현실이 도무지 믿기지 않았다.

자신의 출신 성분을 단박에 알아보는 자라니.

심지어 놈은 거기서 그치지 않고, 막도길에게는 너무나 익숙한 기운을 내뿜었다.

'배화구륜공이라니……!'

세상 그 무엇이라도 불살라 버릴 듯 넘실거리는 극양의 기운.

그것은 그의 사문, 염마종의 절기인 배화구륜공 고유의 특색이었다.

단순한 착각이라고 여기기엔 막도길도 동류의 무공을 익힌 터라 절대로 헷갈리려야 헷갈릴 수 없었다.

'설마 이런 곳에서 사문의 무공을 익힌 자와 마주할 줄이야!'

그것은 상당히 의외의 일이었지만, 정작 막도길의 마음을 불안하게 만드는 것은 따로 있었다.

'이러고 있을 때가 아니다. 놈이 노부를 알아본 이상, 필시 본교에도 노부의 정보가……!'

이신은 나중의 문제였다.

당장 무한을 떠나야 한다는 생각이 막도길의 머릿속을 가득 채울 때였다.

"기껏 도망치도록 내버려 뒀더니 여기까지밖에 못 왔나? 한심하군."

"아니, 어떻… 쿠에엑!"

놀람에 반문하려는 찰나, 막도길의 머리가 지면에 처박혔다.

안면을 통째로 지면에다 들이받은 그의 머리 위로 이신이 발을 올렸다.

고통 때문인지, 아니면 모욕감 때문인지 막도길의 몸이 연신 부르르 떨렸다.

하지만 이신은 아무런 감흥조차 느끼지 못하는 듯 무표정한 얼굴로 말을 이었다.

"말해라. 왜 이곳 무한에 네놈 같은 마교 출신의 마인이 있는 거지? 거기다……."

말을 잠시 멈춘 뒤 이신은 싸늘한 눈초리로 막도길을 노려봤다.

"본 종의 무공까지 익히고 있다니. 도대체 네놈의 정체가 뭐지?"

사실상 이신이 막도길의 정체를 간파한 것도 그의 무공이 염마종의 것이라는 것을 한눈에 꿰뚫어봤기 때문이다. 그러나 눈으로 직접 봤음에도 쉬이 이해하기 어려웠다.

그도 그럴 것이 당대의 염마종 출신의 마인은 이신 단 한 명뿐이었다.

유감스러운 일이지만, 이신의 스승이자 전대 염마종주인 종리찬은 오로지 배화구륜공을 개선하는 데에만 집중하느라 정작 염마종 내부의 일에는 상대적으로 소홀했다.

뿐만 아니라 이신 외에는 달리 다른 제자를 들이지도 않았다.

그렇다면 남은 것은 전대의 인물들 정도뿐이었는데, 현실적으로 그들 중 하나라는 것은 더더욱 말이 안 되었다.

'혹시?'

문득 이신의 뇌리로 떠오른 기억.

그것은 과거 스승 종리찬이 지나가듯 내뱉었던 이야기였다.

―본래 본 종에는 이 사부 외에도 제자가 한 명 더 있었다. 바로 나의 사형이었지. 비록 불미스러운 사건으로 인해서 본교에서 추방당하긴 했으나, 그의 이름은 바로……

잠깐의 회상을 끝마친 이신의 눈이 일순 가늘어졌다.

"설마 네놈은……?"

이신의 말이 채 끝나기도 전이었다.

화르르르륵—!

그의 발밑에서 돌연 잿빛처럼 검은 불길이 치솟았다. 한눈에 봐도 범상치 않은 불길!

이신은 망설임 없이 곧장 뒤로 물러났다.

뒤로 물러난 그의 시야로 하늘 높이 치솟은 칠흑의 불길과 그것을 전신에다 두른 막도길의 모습이 보였다.

이신의 눈살이 살짝 찡그려졌다.

"…역시 암화공인가."

암화공(暗火功).

그것은 배화공에서 비롯된 하위 마공으로 배화류에 의한 내력의 배가가 없는 대신, 배화공 이상으로 양강의 기운을 자랑하는 극양의 마공이었다.

배화공 특유의 부작용도 전무한 터라 염마종주를 제외한 염마종의 무인들이 주로 익히는 마공이었고, 사실상 염마종을 대표하는 무공이었다.

하지만 아쉽게도 당대에 와서 암화공은 실전되고 말았다.

이유는 간단했다.

누군가 심처에 보관되어 있던 암화공의 비급을 들고 사라진 것이다.

그리고 그 범인이 누구인지 누구보다 잘 아는 사람이 이신이었다.

때문에 이신은 아까 전보다 더욱더 확신에 찬 눈빛으로 막도길을 바라봤다.

"설마 이런 곳에서 사문의 보물을 가지고 사라진 어른을 뵙게 될 줄이야. 참으로 반갑구려, 사백. 아니……."

화르르르륵―!

이신의 신형에서도 일순 순백의 불길이 치솟아 올랐다.

유형화된 배화공의 기운이었다.

그 기세는 막도길의 불길보다 거세면 거셌지, 결코 못하지 않았다.

그렇게 흑백의 불길이 서로를 위협하는 가운데, 마저 말을 잇는 이신의 입꼬리에 미소가 떠올랐다.

"염마(炎魔) 사도길."

"으음……!"

보는 이의 간담이 절로 움찔할 만큼 차갑고 섬뜩한 미소!

덕분에 마주보고 있는 막도길, 아니 사도길의 입에서 절로 침음성이 흘러나왔다.

'괴, 괴물 같은 놈!'

고작 서른 남짓한 나이에 이 정도로 순후한 양강지기라니.

과거 그의 스승인 전전대 염마종주도 이 정도까지는 아니었다.

거기다 이만큼의 막대한 기운을 겉으로 드러냄에도 이신은 배화공의 마기에 전혀 휘둘리는 기색이 아니었다.

오히려 사도길을 노려보는 이신의 눈빛은 냉정 그 자체였다.

배화공의 부작용에 대해서 잘 알고 있는 사도길 입장에서 그런 이신의 모습은 실로 이질적이었고, 또한 두렵기 그지없었다.

'종리찬, 그놈 짓인가?'

자세히 어떤 방법인 것까지는 알 도리가 없었지만, 이 모든 게 이신의 스승, 종리찬에 의한 것임은 확실했다.

사도길의 얼굴이 보기 흉하게 일그러졌다.

'끝까지 나를 방해하다니.'

그에게 있어서 종리찬이란 늘 눈엣가시 같은 존재였다.

아니, 그 이상으로 사도길은 그를 증오했다.

그도 그럴 게 종리찬은 원래 사도길에게 내정되어 있던 차기 종주 자리를 빼앗은 장본인이었으니까.

기실 그가 마교에서 추방당한 것도 그에 대한 불만을 스승 앞에서 직접 표하다가 기사멸조의 중죄를 저질렀기 때문이다.

심지어 그는 처벌받기 직전에 몰래 암화공의 비급마저 훔쳐 달아나기까지 했다.

그러나 이 모든 걸 자신이 아닌 종리찬의 탓으로 돌리는 사도길이었기에 좀 전과 달리 이신을 바라보는 그의 눈빛은 여간 매서운 게 아니었다.

그런 그의 눈빛을 이신은 피하지 않고 똑바로 마주봤다.

그렇게 말없이 서로를 노려보던 중, 문득 사도길의 흑염(黑炎)이 요동쳤다.

그것이 신호탄이었다.

"우오오오오오옷!!"

난데없는 우렁찬 기합성과 함께 사도길의 신형이 단숨에 이신과의 간격을 좁혔다.

일반인의 눈에는 일순 사도길이 사라졌다고 느낄 만큼 빠른 속도!

화르르르르륵―!

동시에 잇달아 해일처럼 몰아쳐서 이신의 시야를 가리는 칠흑의 불길!

하지만 이신은 당황하는 기색 없이 한차례의 진각과 함께 가볍게 정권을 질렀다.

그러자,

쩌정―!

굉음과 함께 눈앞의 공간이 일그러지더니 그대로 칠흑의 불길이 사방으로 흩어져 버렸다.

그 잔재가 깃털처럼 휘날리는 가운데, 이신의 고개가 오른쪽으로 향했다.

그러자 전신에 두르고 있던 칠흑의 불길을 좌수에다 모조리 집중시킨 사도길의 모습이 보였고, 그걸 본 이신의 좌수 또한 순백의 불길로 물들었다.

이어서 두 사람은 거의 동시라고 해도 과언이 아닐 만큼 서로를 향해서 좌수를 휘둘렀다.

팔열수라수(八熱修羅手).

말 그대로 여덟 개의 불지옥, 팔열지옥을 누비는 수라의 손짓을 형상화한 염마종의 절학이 각각 흑염과 백염에 물든 채로 맞부딪쳤다.

콰과과과과광—!

무지막지한 굉음과 함께 사방으로 먼지가 피어올랐고, 그 사이로 하나의 인영이 불쑥 튀어나왔다.

끼이익—!

긴 고랑을 만들고 나서야 겨우 멈춰 선 인영의 정체는 다름 아닌 사도길이었다.

그의 얼굴에는 낭패스러운 기색이 역력했다.

'설마 이 정도까지 차이가 나다니!'

이신이 강하다는 것쯤은 이미 너무나도 잘 알고 있었다.

그럼에도 내력은 자신이 그보다 더 높을 거라고 내심 자신하고 있었다.

좀 전에 내보인 이신의 기세는 한순간 내력을 배가시키는 배화공 특유의 공능 때문이라 생각한 것이다.

해서 장기적으로는 자신이 내력으로 유리할 거라고 판단하고 있었는데, 좀 전의 격돌을 통해서 알게 되었다.

그것이 엄연한 오판이었음을.

'절대 노부에 못지않은 내력이다. 아니, 그 이상이야!'

배화공의 기본 바탕이 되는 이신의 내력은 결코 사도길의 아래가 아니었다.

그도 그럴 게 그는 사부 종리찬의 내력을 고스란히 이어받았으니까.

물론 오랫동안 마교를 떠난 터라 이신이 자신의 사질이라는 것 외에는 사제 종리찬의 생사 여부조차 모르는 사도길의 입장에선 이신의 무지막지한 내력의 연원을 제대로 파악하기 어려웠다.

그저 막연하게 뭔가 내단이나 특정한 대법 같은 기연을 얻었을 거라고 추정할 따름이었다.

어찌 되었든 좀 전의 격돌로 이신의 내력이 만만찮다는 것을 깨달은 사도길은 좀 더 신중하게 나가려고 했으나, 그 순간 그의 배후에서 한 줄기 음성이 들려왔다.

"등이 텅 비었군."

"어, 어느⋯⋯!"

빠각!

채 사도길의 말이 끝나기 전에 그의 등이 새우처럼 휘었다.

본능적으로 피하려고 했지만, 어느새 모습을 드러낸 이신의 공격이 한발 먼저 작렬한 것이다.

"크어어억!"

한 박자 늦게 사도길의 입에서 고통에 찬 비명성이 터져 나왔다.

등짝이 부서질 듯한 고통도 고통이지만, 정작 그의 내부에서 미친 듯이 날뛰는 양강지기에 의한 고통에 비하면 아무것도 아니었다.

마치 뜨겁게 달군 인두로 사정없이 기혈은 물론이거니와 내부의 장기까지 몽땅 지져대는 느낌이랄까.

불과 수 초 동안이라도 그 정도의 고통이라면 정신줄을 놓아도 전혀 이상하지 않을 터.

그러나 사도길은 용케 초인적인 인내력으로 한 줄기의 이성을 유지하면서 암화공의 구결을 운용했다.

그러자 용암처럼 부글부글 들끓는 배화공의 기운이 가까스로 잦아들었다.

다른 내공을 익혔다면 어림도 없는 일이었다. 어디까지나 암화공과 배화공이 같은 뿌리를 지녔기에 가능한 대처법이었다.

"헉, 헉, 헉─!"

이에 겨우 한숨을 돌리나 싶었지만, 유감스럽게도 이신의 공격은 아직 끝나지 않았다.

파파파팍─!

이신의 양손이 빠르게 허공을 격했다. 그와 함께 여러 갈래로 나뉘어서 날아오는 순백의 불길!

저마다 궤도를 달리하는 것도 모자라서 하나같이 요혈만을 노리는 통에 사도길은 허겁지겁 보법을 펼쳤으나, 아직 내부의 내상이 완전히 다 낫지 않은 상황이었다.

당연히 파탄이 생길 수밖에 없었고, 그 순간은 생각보다 빨리 찾아왔다.

파바바바바방!

연달아 북 터지는 음향과 함께 뒷걸음질 치는 사도길.

그는 또다시 내부로 침투한 배화공의 기운을 억누르느라 얼굴뿐만 아니라 전신이 시뻘겋게 달아올랐다.

그러면서 한편으로 내심 의아함을 감추지 못 했다.

'뭔가 이상하군. 분명 팔열수라수이긴 한데……'

처음 격돌에서도 어렴풋이 느끼긴 했지만, 아무래도 이신의 무공은 그가 아는 염마종의 무공과는 뭔가 근본적인 게 다른 느낌이었다.

좀 전에 이신의 펼친 초식, 팔열수라수의 삼초식인 중합격(衆合擊)만 하더라도 그랬다.

종래의 그것이 체내의 내기를 여러 번 중첩시켜서 수공의 위력을 배가시키는 게 다라면, 이신의 중합격은 그 중첩시킬 내기들로 적을 공격하면서 임의의 지점에서 한 번에 중첩시키는 식이었다.

말하자면 체내에서 이루어져야 할 중첩의 과정을 체외에서 실현한 것.

외부로 발출된 내력을 임의로 조정한다는 것 자체가 매우 지난한 일이라는 것을 감안하면, 보고도 쉬이 따라할 수 없는 상승의 절예라고 봐야 했다.

'도대체 이놈은 뭐지?'

앞서의 여러 차례 공방을 통해서 알게 된 사실이기도 하지만, 흔히 무를 통해서 도를 구하느니 자신의 한계를 시험하느니 같은 허무맹랑한 소리들과 달리 이신의 무공은 철저하게 오로지 상대의 허점을 노려서 죽이는 것에만 특화되어 있었다.

마치 일체의 장식 없이 날카롭게 벼려진 비수와 같은 느낌.

지금껏 사도길의 경험상 이런 느낌을 주는 자들의 공통점은 하나였다.

'그래, 살수다!'

그렇다.

이신의 무공은 극도로 단련한 살수 무학의 정점이라고 봐도 무방했다.

그러한 사도길의 생각은 결코 틀린 게 아니었다.

실제로 이신의 공격 방식이나 이념은 철저하게 혈영대의 그것에 가까웠으니까.

다만 간과해선 안 되는 점이 있다면 이신은 어디까지나 염마종의 무공을 보다 실전적으로 다듬었을 뿐, 그 본질에선 크게 벗어나지 않았다는 것이다.

그리고 그건 지금도 마찬가지였다.

"커헉!"

돌연 기침과 함께 사도길의 입에서 시뻘건 핏물이 튀어 나왔다.

명백한 내상.

'부, 분명 막았을 터인데?'

의문도 잠시, 이윽고 몸 안에서 다시금 배화공의 기운이 활개 치는 것을 느낀 사도길의 동공이 마구 흔들렸다.

그때, 이신의 음성이 들려왔다.

"걸려들었군."

"무, 무슨 소리… 냐? 크윽! 거, 걸려들었다니……?"

내부에서 멋대로 날뛰는 배화공의 기운 때문에 정신없는 와중에도 사도길은 의아함을 감추지 않았다.

이에 이신은 싸늘한 미소를 머금으며 말했다.

"제 딴에는 잘 막았다고 여긴 모양인데, 안타깝게도 조금 전의 중합격은 어디까지나 허초에 불과하다."

"허, 허초라고?"

"그래. 진짜 공격은 따로 있었지."

사도길은 모르겠지만, 좀 전에 중합격을 펼치면서 이신은 동시에 한 줄기의 암경을 날렸다.

암경은 그 자체만으로는 이렇다 할 위력이 없을 만큼 미약하고 살기조차 띄지 않아서 사도길은 미처 암경의 존재를 눈치채지 못했다.

그렇게 사도길의 내부로 스며든 암경은 처음엔 그저 기혈을 따라서 조용히 순환했다.

그러다 기껏 암화공으로 억누르고 있던 배화공의 기운과 암경이 서로 마주치는 순간, 대이변이 일어났다.

놀랍게도 두 기운은 저절로 중첩되더니 이윽고 사도길의 내부에서 미친 듯이 날뛰기 시작했다.

심지어 암화공의 내력으로도 억제가 안 될 정도였다.

그것이 사도길의 몸 안에서 일어난 기현상의 전말이었지만, 정작 사도길 본인은 그 사실을 미처 인지하지 못하고 당황할 따름이었다.

아니, 어떤 의미에선 깨닫지 못하는 게 당연했다.

왜냐하면 일련의 과정은 안 그래도 상승의 절예인 중합격을 완벽하게 대성해야지만 비로소 펼칠 수 있는 절초, 중합내중격(衆合內中擊)이었으니까.

중합격의 원리는 내력을 여러 차례 중첩시키고 그로 인해서 배가되는 위력으로 상대를 격살하는 것이다.

이신의 경우에는 그러한 내력의 중첩을 체내가 아닌 체외에서 일으키는 것으로 발전시켰다.

하지만 그게 다가 아니었다.

여기서 더 나아가면 아예 상대의 몸속에서 내력의 중첩을 인위적으로 일으키는 것도 가능해진다.

물론 그러기 위해선 체외에서 내력을 중첩시키는 것의 몇

십 배에 달할 만큼 섬세하고 정교한 내공 운용이 수반되어야 하지만 말이다.

따라서 중합내중격은 표면적인 초식의 의형밖에 전수받지 못한 사도길로서는 흉내는커녕 감히 상상조차 할 수 없는 고차원의 영역에 속하는 기술이었다.

오직 스승 종리찬으로부터 기초부터 착실하게 염마종의 무학을 전수받아 피땀 어린 실전 속에서 가다듬고, 배화공의 경지가 무려 칠륜을 넘어서 팔륜을 바라보는 이신에게만 가능한 것이었다.

그 사실을 알 턱이 없는 사도길은 그저 막연히 이신이 자신 몰래 뭔가 암수 비슷한 것을 쓴 거라 추측했다.

아니, 그렇게 착각하고 싶었다.

안 그러면 종리찬, 아니 그와 사도길의 스승인 전전대 염마종주조차 우습게 보일 만큼 무시무시한 실력을 자랑하는 이신의 존재를 인정하지 않으면 안 되었으니까.

'종리찬, 네놈은 도대체 무슨 생각으로 저런 괴물을……'

사도길의 상념은 채 끝까지 이어지지 않았다.

눈 깜짝할 새에 코앞까지 다가온 이신이 덥석 그의 멱살을 붙잡았기 때문이다.

"자, 그럼 이제 슬슬 대화를 시작해 볼까? 어차피 시간은 넘치고 넘치니까."

"크윽!"

어떻게든 반항하려고 했지만, 내부에서 날뛰는 배화공의 기운과 암만 힘을 줘도 꿈쩍도 않는 이신의 오른손 때문에 헛수고였다.

뭣보다 그를 바라보는 이신의 눈빛은 절로 오금이 저릴 만큼 싸늘하고 매서웠다.

이어지는 말 역시도 그에 못지않았다.

"충고하지. 지금부터 내가 묻는 말에 신중하게 답해야 할 거야. 조금이라도 더 오래 살고 싶다면."

"……!"

그 순간, 사도길은 직감적으로 깨달았다.

지금 이 시간부로 자신의 목숨은 온전히 이신의 손에 달려 있다는 사실을.

그리고 절대로 그에게 거짓말은 통하지 않을 거라는 사실 역시도.

어깨와 가슴을 동시에 짓누르는 답답함과 부담감을 애써 무시하면서 말했다.

"…뭐가 궁금하지?"

그의 물음에 이신의 입이 즉각 열렸다.

"왜 금와방주의 막내아들을 도운 거지?"

마교의 탈주자인 그가 어떤 식으로는 금와방주와 거래해서 그의 비호 아래 몸을 숨기고 있었다는 사실 정도는 정황만으로는 쉬이 유추할 수 있었다.

문제는 고작 그것만으로는 금와방주가 아닌 그의 아들, 능위군을 굳이 도와야 할 이유가 없었다.

심지어 직접 그가 나선다는 것 자체가 어떤 식으로는 능위군에게 제대로 빚을 지워두겠다는 의도를 밑바탕에 깔아둔 게 아니겠는가.

과연 그럴 만한 가치가 능위군에게 있을까?

이렇듯 이신의 질문은 간단했지만, 그 안에는 많은 것이 함축되어 있었다.

사도길이 쉬이 대답하지 못하는 가운데, 이신의 질문이 다시금 이어졌다.

"그리고 묻는 김에 하나 더 물어보도록 하지. 왜 마교를 떠나서 이곳 무한까지 오게 되었지?"

"……."

연이은 이신의 물음에 처음엔 묵묵부답인 사도길이었으나, 이윽고 그는 천천히 입을 열었다.

＊　　　　＊　　　　＊

자신이 아닌 사제 종리찬을 택했다는 스승에 대한 배신감과 종리찬에 대한 질투심.

그로 인해 제정신이 아니게 된 사도길은 스승에게 상해를 입히는 것도 모자라서 염마종의 심처에 보관된 암화공의 비급을 가지고 몰래 야반도주했다.

그 후 그는 마교의 추적을 피해서 인적이 드문 심산유곡을 떠돌면서 비급을 토대로 무공을 익혀 나갔다.

비록 종리찬보다 못하다고 하지만, 그 또한 손에 꼽히는 기재였기에 그는 수년 만에 일류를 넘어서 완연한 절정급의 고수가 될 수 있었다.

하지만 여전히 그는 신분을 대놓고 드러낼 수 없는 상황이었다.

그렇다고 해서 마냥 숨어 지낼 수도 없는 노릇.

고민 끝에 그는 무한에 자리를 잡았다.

하고 많은 지역 가운데서 무한을 택한 이유는 호북성 자체가 무당파와 제갈세가가 서로 양분하는 지역이다 보니 마교의 세력권에서 가장 멀리 떨어진 곳이기 때문이었다.

그렇게 무한에 자리 잡게 된 사도길은 막도길로 이름을 새로 바꾼 뒤 야금야금 무한의 흑도 바닥에서 이름을 알렸다.

염라수라는 별호를 얻게 된 것도 그쯤이었다.

그러자 그의 실력을 알아본 금와방주가 은밀히 그에게 접근해 왔다.

당시 금와방주는 어떻게든 금와방의 사업 영역을 넓히는 데 혈안이 되어 있었는데, 문제는 그런 그의 움직임을 기존 기득권 세력들이 용납지 않았다는 것이다.

신흥세력이라면 어디나 흔히 겪게 되는 견제였는데, 무당파의 지원까지 받은 마당에 어떻게든 하루 빨리 무한의 상권을 주름잡지 않으면 안 되는 금와방주의 입장에선 가장 빠르고 간단한 방법을 택할 수밖에 없었다.

바로 살수를 이용한 정적 제거.

그리고 그 칼잡이로 선택된 것이 다름 아닌 사도길이었다.

물론 사도길 입장에서도 그리 나쁠 것 없는 일이었다.

금와방주의 정적을 제거함으로서 막대한 보수를 챙길 수 있음은 물론이거니와 금와방의 비호도 덤으로 받을 수 있었으니까.

무엇보다 언제 마교의 추적을 받을지 모르는 사도길에게는 안정적인 울타리가 절대적으로 필요했다.

그런 의미에서 금와방이라는 울타리는 썩 그리 나쁘지 않은 편이었다.

그렇게 수년 간 금와방주 밑에서 일하면서 사도길은 마교 측에서도 슬슬 자신의 존재에 대해서 잊어 버렸을 게 분명하다고 확신했다.

그런 와중에 어젯밤 금와방주의 막내아들, 능위군이 불쑥 그를 찾아와서 뜻밖의 제안을 했다.

—노사의 제자가 되고 싶습니다.

갑자기 찾아와서 대뜸 제자로 삼아달라고 하다니.

실로 어처구니없었었지만, 그러는 한편으로 왜 그가 자신의 제자가 되고 싶은 지에 대한 의문도 동시에 들었다.

실질적으로 무력 자체만 따진다면 사도길 자신이 현재 그의 스승인 귀검 나부보다 훨씬 더 윗길이긴 했지만, 그래도 구대문파 중 하나이자 호북의 패자인 무당파에 비하면 어림도 없었다.

실제 금와방주와 그의 장자이자 능위군의 형인 능위신도 무당파의 속가제자가 아니던가.

이에 물어보자 능위군은 답했다.

—제가 얻고 싶은 건 무당파라는 허울만 좋은 간판이 아닌 실질적인 힘입니다. 그런 의미에서 보자면 노사의 제자가 되는 편이 오히려 더 낫지요. 그자를 없애기 위해서라도 말입니다.

능위군이 말하는 그 자란 다름 아닌 이신이었다.

그러면서 자연스레 이신과의 일에 대해서 듣게 되었고, 최근 그가 단독으로 금와방을 무너뜨린 존재라는 사실 역시도 알게 되었다.

이에 사도길은 능위군의 진짜 목적이 차도살인지계(借刀殺人之計), 즉 자신을 이용해서 이신을 없애기 위해서라는 것을 눈치 챘지만, 일부러 모른 체하면서 되물었다.

자신이 그자를 없애준다면 뭘 내놓겠냐고?

이에 대한 능위군의 대답은 거침없었다.

─차후 제가 방주가 되었을 때, 노사를 본 방의 태상장로로 모시겠습니다.

실로 구미가 동하는 제안이었다.

아니, 구미를 동하는 것을 넘어서 현재의 사도길에게 있어서는 절호의 기회라 할 수 있었다.

안 그래도 금와방주는 겉으로만 사도길을 우대해 줄 뿐, 내심 그의 처리를 놓고 심각하게 고민하고 있었다.

언제나 사냥이 끝난 개는 의당 끓는 솥 안으로 던져지게 마련.

더욱이 사도길은 맡은 일이 일이니만큼 금와방주의 비리에 대해서 누구보다 잘 알고 있어 막말로 그가 한번 입만 벙긋해도 금와방은 그날로 끝이라고 볼 수 있었다.

한마디로 언제 등 뒤에 칼을 맞아도 전혀 이상하지 않은 상황.

애당초 금와방주가 사도길을 신뢰하지 않는 것은 그의 과거가 불분명하다는 것과 언제 자신을 배신할지 모른다는 불안감 때문이었으니까.

그런 와중에 능위군과 사승 관계를 맺는다는 것은 금와방과의 관계를 다소 호전시킬 수 있다는 뜻이다.

가장 주목해야 할 점은 그를 태상장로로 우대해 준다는 것이었다.

현재 금와방주와 사도길은 서로 수직적인 관계일 뿐, 결코 평등하지 않다.

하지만 능위군이 차후 그가 방주가 되어서 자신을 태상장로로 우대해 준다면, 상황은 완전히 뒤바뀐다.

아니, 단순히 뒤바뀌는 정도가 아니다.

그럴 마음만 있다면 능위군의 스승이라는 자리와 태상장로라는 직책을 빌미삼아 금와방을 제 마음대로 주무를 수 있게 되는 것이다.

거기까지 생각이 미친 사도길은 망설임 없이 능위군의 제안을 받아들였다.

동시에 직접 이신을 처리해 주겠다고 약조했다.

그의 실력이라면 그리 어려운 일도 아니었고, 무엇보다 제자 능위군의 신임까지 얻을 수 있는 절호의 기회이기도 했으니까.

그런 점에서 그의 선택은 결코 잘못되었다고 보기 어려웠다.

직접 소문의 주인, 이신과 마주하기 전까지는 말이다.

*　　　　*　　　　*

"…지금 와서 생각해 보면 미친 짓이었지. 그깟 애송이의 제안 따위 무시해 버릴 것을."

보다 신중했어야 했다.

이신의 정체, 아니 하다 못해서 강함이 어느 정도인지에 대해서 확신이 선 상태에서 능위군과의 거래에 응했어야 했다.

그랬으면 이렇게 재수 없게 이신과 엮이는 것과 동시에 목숨이 위태로운 상황까지는 놓이지 않았을 텐데.

괜히 욕심이 화를 부른 것이라고 봐야 했다.

그것도 아주 최악의 형태로 말이다.

아무튼 그렇게 사도길의 이야기는 모두 끝났다.

하지만 이신은 뭔가 개운치 않다는 표정을 지었다.

"이상하군."

"…뭐가 이상하다는 거지?"

사도길의 반문에 이신은 말했다.

"정말 심산유곡을 떠돌아다닌다고 본교가 네놈의 흔적을 못 찾으리라 여기는 거냐?"

"뭐?"

생각지 못한 이신의 지적에 사도길의 두 눈이 일순 커졌다.

이신의 말은 거기서 끝나지 않았다.

"자고로 나뭇잎을 숨기려면 숲 속에 숨기라고 했지. 사람이 많은 곳일수록 추적은 어렵지만, 그런 식으로 외진 곳으로 도망치는 것은 오히려 추적자들에겐 대놓고 자신의 흔적을 남기는 꼴이지."

그리고 금와방과 같은 중소방과의 비호 아래 있었다는 것만으로 마교의 추적을 피할 수 있을 거라고 여기는 것도 웃기는 짓이었다.

조금의 상식만 있더라도 금와방 따위가 마교의 감시망으로부터 사도길을 지켜줄 수 없다는 건 너무나도 쉬이 유추할 수 있는 사실이었다.

그러한 기본적인 것을 사도길 같은 자가 지금껏 몰랐다는 게, 아니 애당초 의아하게 여기지 않았다는 게 오히려 더 이상할 지경이었다.

'부자연스러워. 마교를 나온 뒤부터 이곳 무한에 자리 잡기까지의 과정, 그 모든 것이.'

그렇게 이신의 눈에 막 의심의 불씨가 피어오르려는 순간이었다.

[감이 좋네.]

쇠를 긁는 듯한, 귀에 거슬리는 중저음의 음성이 그의 귓가를 울린 것은.

『대무사』 2권에 계속…

초대형 24시 만화방

신간 100%, 샤워실, 흡연실, 수면실(침대석), 커플석, 세탁기 완비

▪ 강북 노원역점 ▪

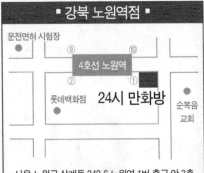

서울 노원구 상계동 340-6 노원역 1번 출구 앞 3층
02) 951-8324 (화용빌딩 3층)

▪ 일산 정발산역점 ▪

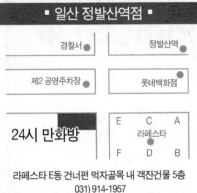

라페스타 E동 건너편 먹자골목 내 객잔건물 5층
031) 914-1957

▪ 일산 화정역점 ▪

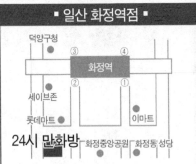

경기도 고양시 덕양구 화정동 984번지 서일빌딩 7층
031) 979-4874 (서일사우나 건물 7층)

▪ 부천 역곡역점 ▪

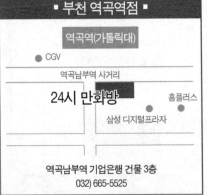

역곡남부역 기업은행 건물 3층
032) 665-5525

▪ 부평역점 ▪

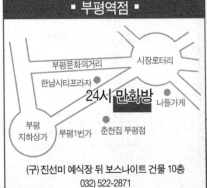

(구) 진선미 예식장 뒤 보스나이트 건물 10층
032) 522-2871

월야환담

채월야 · 홍정훈 · 장편 소설

내일을 향해 쏴라

김형석 장편 소설

FUSION FANTASTIC STORY

1만 시간의 법칙!
'성공은 1만 시간의 노력이 만든다' 는 뜻이다.

그러나…
사회복지학과 복학생 수.
전공 실습으로 나간 호스피스 병동에서
미지와 조우하다.

1만 시간의 법칙?
아니, 1분의 법칙!

**전무후무한 능력이 수에게 강림하다!
맨주먹 하나로 시작한 수의
인생역전이 시작된다!**

Book Publishing CHUNGEORAM

유령이 아닌 자유추구~
WWW.chungeoram.com

FUSION FANTASTIC STORY
말리브해적 장편소설
MLB
메이저리그
유료독자 누적 1200만!
행복해지고 싶은 이들을 위한 동화 같은 소설.
『MLB-메이저리그』
100마일의 강속구를 던지는
메이저리그의 전설적인 괴짜 투수 강삼열.
그가 펼치는 뜨거운 도전과 아름다운 이야기!
승리를 위해 외치는 소리-
"파워업!"
그라운드에 파워업이 울려 퍼질 때,
전설이 시작된다!
Book Publishing CHUNGEORAM
www.chungeoram.com

이경영 판타지 장편소설

FANTASY FRONTIER SPIRIT

그라니트

용들의 땅

GRANITE

사고로 위장된 사건에 의해 동료를 모두 잃고 서로를 만나게 된 '치프'와 '데스디아'.
사건의 이면에 상식을 벗어난 음모가 있음을 알게 된 둘은
동료들의 죽음을 가슴에 새긴 채 각자의 고향으로 돌아간다.
2년 후, 뜻하지 않게 다시 만난 두 사람은 동료들의 복수를 위해
개척용역회사 '그라니트 용역'을 설립해 다시금 그 땅을 찾게 되는데……

용들이 지배하는 땅 그라니트!
그곳에서 펼쳐지는 고대로부터 이어지는 운명적 만남,
깊어지는 오해, 그리고 채워지는 상처.

『가즈 나이트』시리즈 이경영 작가의 미래형 판타지 신작!

Book Publishing CHUNGEORAM

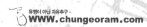

유행이 아닌 자유추구 -
WWW.chungeoram.com